Angela Fabiani

Frühlingsgefühle -
Erwachte Lust

Angela Fabiani

Frühlingsgefühle –
Erwachte Lust

Prickelnder Roman,
Sinnliche Gedichte

Bibliografische Information der Deutschen Nationalbibliothek:
Die Deutsche Nationalbibliothek verzeichnet diese Publikation in der
deutschen Nationalbibliografie; detaillierte bibliografische Daten sind
im Internet über:
http://dnb.d-nb.de abrufbar.

© 2013 Angela Fabiani
4. Auflage
Cover: © Clarissa Yeo , www.bookcoversale.com
**Herstellung und Verlag: Books on Demand GmbH, Norderstedt
ISBN 9783732287192**

Inhaltsverzeichnis
Roman

Neuanfang	7
Frühlingserwachen	12
Raoul	23
Traumfantasie	46
Lebensfreude	52
Vorspeise	60
Hauptspeise	66
Steven	74
Heißer Draht	90
Zarte Bande	100
Vereint	119
Abschied und Neubeginn	130

Gedichte

Verlangen	134
Verbotene Lust	135
Traumbegegnung	136
Frühlingswiese	137
Frühlingsgefühle	138
Zärtlichkeit	139
Sehnsucht	140
Lust	141
Selbstgenuss	142

Erwachte Lust

Neuanfang

Mit klopfendem Herzen stand Elisabeth vor dem großen Bürokomplex, in dem sie gleich ein Vorstellungsgespräch hatte.

Sie war nervös, alles hier kam ihr so groß vor. Ein riesen Unterschied zum beschaulichen Kirch-Brombach, von wo aus sie heute Morgen gestartet war. Aber das war ja genau das, was sie wollte. Sie wollte ja raus, aus dem beschaulichen Odenwald. Sie wollte raus, in die große weite Welt. Nur hatte sie sich die Welt irgendwie nicht SO groß vorgestellt. Dieses große Gebäude mit den supercoolen Leuten, die schon vor ihr hineingegangen waren ... hier passte sie doch gar nicht hin. Irgendwie kam sie sich plötzlich mickrig und albern vor, in dem Kostüm, das sie trug.

Dabei hatte sie sich heute Morgen sogar extra viel Mühe gegeben und war eigentlich ganz zufrieden gewesen.

Sie seufzte tief und sah auf die Uhr, sie hatte noch zehn Minuten. Okay dachte sie sich. Was hatte sie schon zu verlieren. Sie straffte ihre Schultern und betrat mit zittrigen Knien die Eingangshalle.

Eine hübsche, junge Frau saß an einem großen, stylishen Empfangstresen. Mutig lief Elisabeth auf den Tresen zu. Die Frau sah zu ihr auf und sah sie lächelnd an.

„Kann ich Ihnen helfen, haben sie einen Termin?", fragte sie freundlich.

„Ähm, ja, ich habe ein Vorstellungsgespräch bei Herrn Timo weidlich", sagte Elisabeth schüchtern.

„Ah, sind Sie Frau Krüger?", fragte die junge Frau. Elisa nickte „Ja, die bin ich".

„Setzen Sie sich doch noch einen Moment, ich

sage Herrn Weidlich Bescheid, dass sie da sind", sagte sie wieder und wies auf die kleine Sitzecke im Raum. Elisa ging auf das Sofa zu und hörte noch, wie die junge Frau den Telefonhörer nahm und hinein sprach:

„Herr Weidlich, Ihr Vorstellungsgespräch, Frau Krüger ist da".

Etwa fünf Minuten später öffneten sich die Aufzugtüren und ein adretter Mann im grauen Anzug kam heraus. Elisa schätzte ihn auf Mitte dreißig. Er sah sich kurz um und lief dann direkt auf Elisabeth zu. Lächelnd hielt er ihr seine Hand hin.

„Frau Krüger?", fragte er freundlich.

„Ja, guten Tag Herr Weidlich", sagte Elisabeth, so locker wie möglich, und nahm seine Hand.

„Herzlich willkommen, haben sie gut hergefunden?", fragte er und ging voran, wieder Richtung Aufzug. Elisa entspannte sich langsam. Herr Weidlich schien echt nett zu sein.

„Ja, danke, ich bin mit dem Zug gefahren". „Ja,

mit öffentlichen Verkehrsmitteln erreicht man uns ganz gut", sagte er freundlich und lächelte sie an. Wirklich ein adretter Mann, dachte Elisabeth, wenn auch nicht wirklich ihr Typ.

„Die Agentur ist im vierten Stock. Wir fahren jetzt erst einmal nach oben", erklärte Herr Weidlich und drückte auf den Etagenknopf des Aufzugs.

Sekunden später öffneten sich die Aufzugtüren wieder. Sie betraten einen Flur und Elisabeth konnte hinter einer Glaswand ein Großraumbüro erkennen.

„Hier entlang", sagte Herr Weidlich und wies links den Flur hinunter. Er ging voraus. Plötzlich kam ihnen im Flur ein junger Mann entgegen, der Elisas Herz sofort höher schlagen ließ.

„Guten Morgen Steven", sagte Herr Weidlich im Vorbeigehen.

„Guten Morgen", gab Steven zurück und nickte Elisabeth freundlich zu. Elisas Bauch kribbelte und sie musste sich zusammenreißen, um sich nicht umzudrehen und ihm hinterher zu schauen.

„Lieber Gott, lass mich diesen Job hier kriegen, allein schon um diesen Mann wieder zu sehen", schickte sie gedanklich als Stoßgebet in den Himmel.

Frühlingserwachen

Elisa saß an ihrem Schreibtisch in der Event-Agentur, in der sie arbeitete, und sah aus dem Fenster.

Es war Mitte April und die ersten kräftigen Sonnenstrahlen bahnten sich ihren Weg durch die Wolken. Ihr Büro war im vierten Stock und hatte eine große Fensterfront, durch die einige Sonnenstrahlen warm auf ihre Arme, ihr Gesicht und ihren Nacken fielen. Der Frühling erwachte zum Leben und es war ein herrliches Gefühl diese Wärme zu spüren.

Viel zu lange hatte der Winter gedauert. Sie spürte, wie die Lethargie aus ihrem Körper wich und ihre Lebensgeister aus dem Winterschlaf erwachten. In ihrem Inneren fing es an zu kribbeln.

Vor genau einem Jahr hatte sie hier in der Agentur in Frankfurt angefangen zu arbeiten und seit dem hatte sich ihr Leben sehr verändert. Von der kleinen, unauffälligen Bürokauffrau aus dem Odenwald war nicht mehr viel übrig, seitdem ihre neuen Kollegen sie unter ihre Fittiche genommen hatten und Elisa war froh darüber. Im Gegensatz zu ihren Geschwistern hatte sie nie das Gefühl gehabt, in die Fußstapfen ihrer Eltern treten, und Landwirtschaft betreiben zu wollen.

Sie hatte schon immer diese Sehnsucht nach Leben in sich gespürt. Eine andere Art von Leben, als ihr auf dem Land möglich war. Aber in ihrem kleinen Dorf hatte sie wenig Möglichkeiten.

Nachdem sie ihre Ausbildung in einem kleinen Büro beendet hatte, war sie absichtlich auf die Suche nach Jobangeboten in Frankfurt und Darmstadt gegangen. Relativ schnell hatte sie dann den Job als Abteilungssekretärin hier in der Agentur gefunden. Wenige Wochen später war sie in eine kleine Einzimmerwohnung in der Nähe gezogen. Seitdem war sie nur noch an den Feiertagen zu Hause gewesen. Viel zu sehr gefiel ihr das neue Leben in der Stadt.

Ihre beiden Kolleginnen, Tasha und Ines, hatten sich ihrer angenommen und aus dem grauen Mäuschen Elisabeth, die attraktivere und selbstbewusstere Elisa gemacht. Sie gingen jedes Wochenende gemeinsam aus und hatten jede Menge Spaß.

Elisa sah sich um. Es war Freitag, also würde sie heute nur bis 14 Uhr arbeiten müssen. Ihre Kollegen im Großraumbüro waren alle in ihre Arbeit vertieft. Ihr Blick blieb auf Steven hängen, einem jungen Kollegen, der ein paar Tische von ihr entfernt saß. Sie unterdrückte ein Seufzen. Steven war ihr schon am ersten Tag aufgefallen. Er war groß und muskulös, hatte kurze, blonde Haare und einen sinnlichen Mund. Aber er wusste das alles auch und setzte es ein, weshalb sie nicht die Einzige im Büro war, die ihn anhimmelte.

Verträumt musterte sie ihn. Ein paar Sonnenstrahlen fielen auf seine nackten, sehnigen Arme. Er trug nur ein Poloshirt. Irgendwie schien er ihren Blick gespürt zu haben, denn er drehte seinen Kopf und sah sie an. Elisa fühlte sich ertappt und sah schnell auf den Bildschirm ihres Laptops. Leider konnte sie nicht verhindern, dass sie rote Wangen bekam. Aus dem Augenwinkel konnte sie erkennen, dass Steven grinste. „Na toll", dachte sie sich und versuchte beschäftigt zu wirken. Aber immerhin hatte er sie mal bemerkt.

Sie hatte heute nur administrative Dinge zu

erledigen, die nicht viel Konzentration erforderten, deshalb machte sie sich an die Arbeit und ließ ihren Gedanken freien Lauf. Sie war ganz in einen erotischen Tagtraum mit Steven vertieft als plötzlich, kurz vor Feierabend, Tasha an ihren Tisch kam.

„Hey Süße, bleibt es bei heute Abend?", fragte Tasha aufgekratzt. Die Mädels hatten geplant, heute Abend zur Eröffnung einer neuen Cocktail-Bar zu gehen. „Ines kann leider nicht mit, sie hat ihrer Schwester versprochen, die Kinder zu hüten.

„Klar, um acht bei dir, oder?", antwortete Elisa fröhlich.

„Ja genau. Ich hab gehört, das noch mehr Kollegen vor haben sich die neue Bar heute Abend anzuschauen", erzählte Tasha gut gelaunt. Elisa spürte, wie ein leiser Hoffnungsschimmer in ihr aufflackerte. Würde Steven vielleicht auch kommen? Er sah zumindest gerade zu ihnen herüber und schien ihr Gespräch mitbekommen zu haben. In Elisas Magengegend kribbelte es.

„Na das klingt doch vielversprechend", sagte sie lächelnd.

„Okay, dann gehe ich jetzt nämlich. Bis nachher. Und brezel dich ordentlich auf, heute Abend wird UNSER Abend", sagte Tasha zwinkernd und wandte sich zum Gehen.

Elisa sah auf ihren Schreibtisch. Eigentlich war sie ebenfalls fertig für heute. Die Uhr zeigte 13:30 Uhr und draußen war herrliches Wetter. Sie hatte noch ein paar Überstunden und ihr Chef hatte heute einen Homeoffice-Tag eingelegt. Warum also nicht auch Feierabend machen, und zu Hause noch ein ausgiebiges Wellness-Programm einlegen? Entschlossen lächelnd klappte sie ihren Laptop zu.

Als sie aus dem großen Bürokomplex in die Frühlingssonne trat, atmete sie tief ein. Die Sonnenstrahlen kitzelten sie auf der Haut und sie musste wieder lächeln. Oh wie sehr hatte sie die Sonne vermisst! Sie wohnte nicht weit vom Büro, aber sie bekam plötzlich wahnsinnige Lust auf ein Eis und so beschloss sie, einen Umweg zu machen und an der Eisdiele vorbei zu laufen. Als sie eine Stunde und einen Frühlingsspaziergang später in ihre kleine Wohnung trat, fühlte sie sich großartig und freute sich auf den Abend.

Elisa setzte sich noch einen Moment auf ihre kleine Couch und sah auf ihre Fotowand gegenüber.

Sie hatte sich eine kleine Galerie mit Fotos von ihren Eltern und Geschwistern an die Wand gehängt. Außerdem waren da noch ein paar Fotos von den Hunden und Pferden, mit denen sie aufgewachsen war.

Sie hatte eine tolle Kindheit auf dem Land erlebt. Zusammen mit ihren vier Geschwistern. Irgendwann, in der Pubertät hatte sie aber gemerkt, dass sie mehr wollte, als das Landleben ihr zu bieten hatte. Anfangs war es für ihre Familie schwierig gewesen das zu akzeptieren, aber mittlerweile hatten sie sich damit abgefunden und ließen sie ihren Weg gehen.

Für Elisa war das sehr befreiend. Wenn sie mal abschalten wollte und sich erholen wollte, konnte sie jederzeit zu ihren Eltern auf den Hof fahren und entspannen.

Von Zeit zu Zeit kamen ihre beiden jüngeren Schwestern sie auch mal besuchen und blieben übers Wochenende. Insgesamt war sie sehr froh, wie sich alles entwickelt hatte.

Elisa hatte nur ein kleines Bad mit einer kleinen

Badewanne, aber da sie selbst klein und zierlich war, konnte sie sich trotzdem noch halbwegs bequem darin ausstrecken und beschloss ein Bad zu nehmen. Voller Vorfreude schloss sie den Duschvorhang, machte den Stopfen in den Abfluss, schlüpfte aus ihren Klamotten, legte sich in die Wanne und drehte die Dusche an.

Sie ließ das warme Wasser aus der Dusche auf ihren nackten Körper prasseln und sah zu, wie die Wanne sich langsam füllte. Wenn sie die Augen schloss, fühlte sie sich als würde sie am Strand im Regen liegen.

Sie verspürte plötzlich die unheimliche Lust sich einem erotischen Traum hinzugeben und fing an ihre Hände über ihren Körper wandern zu lassen. In ihrem Kopf war es Steven, der seine Hände über ihre kleinen, festen Brüste streifen ließ. Es war Steven, der mit ihren Brustwarzen spielte, während das Regenwasser auf ihren Körper prasselte.

Seine Hände fuhren über ihren flachen Bauch, spürten ihre Gänsehaut und spreizten ihre Schenkel, um mit seinen Fingern sanft in sie einzudringen und sie an der Stelle zu verwöhnen, an der sie so empfindlich war. Elisa stöhnte leise, so sehr verlor sie sich in ihrer Fantasie.

Als sie zitternd zum Höhepunkt kam und langsam wieder in die Realität zurückkehrte, lächelte sie in sich hinein.

Wenige Stunden später stand sie vor dem Spiegel in ihrem kleinen Bad und schminkte sich. Heute durfte es ruhig etwas mehr sein, fand sie. Sie betonte ihre langen Wimpern, die ihre großen braunen Augen umrahmten, mit Maskara und trug ein rosa glitzerndes Lipgloss auf, um ihre Lippen voller wirken zu lassen. Ihren schlanken Körper hatte sie in ein „kleines Schwarzes" gesteckt, das sich eng an ihre zierlich weiblichen Rundungen schmiegte. Ihre langen, blonden Haare, die ihr immer ein bisschen zu dünn und zu glatt waren, hatte sie deshalb zu einem strengen Pferdeschwanz zusammengebunden. Das Ganze rundeten schwarze Stiefeletten ab.

Als sie sich abschließend im Spiegel ansah, war sie zufrieden und immer wieder erstaunt über ihre eigene Veränderung im letzten Jahr. Gut gelaunt schnappte sie sich ihre Handtasche und machte sich auf den Weg zu Tasha.

Raoul

Eine Stunde später betraten zwei hübsche, bestens gelaunte Mädels die gut gefüllte Cocktail-Bar. Der DJ spielte lateinamerikanische Musik und die Stimmung war ausgelassen.

Elisa fiel auf, dass ausgesprochen viele gut aussehende Menschen hier waren. Ihr Blick wanderte durch die Bar, auf der Suche nach Steven. Plötzlich ergriff Tasha ihre Hand und zerrte sie mit sich in eine andere Ecke der Bar, wo sie ein paar Kollegen entdeckt hatte. Steven war, zu Elisas Enttäuschung, nicht dabei. Trotzdem begrüßte sie ihre Kollegen fröhlich.

Ein Kollege, Christian, hatte einen Freund dabei, den er ihr vorstellte. Ein recht attraktiver Spanier namens Raoul, der ihre Hand noch einen Moment festhielt und sie smart anlächelte.

Im nächsten Moment drückte ihr Tasha ein Glas Prosecco in die Hand.

Raoul hatte eine interessante Ausstrahlung. Er war nicht sehr groß für einen Mann, aber sehr gut gebaut. Er hatte fast schwarze Augen und schwarzes, etwas längeres Haar, das ihn etwas an Antonio Banderas erinnern ließ. Außerdem hatte er volle, sehr schön geschwungene Lippen und einen erotischen Blick, wenn er sie süffisant anlächelte. Sie unterhielten sich ein wenig und so erfuhr Elisa, dass er 29 Jahre alt war und als Immobilienmakler arbeitete.

Weitere zwei Gläser Prosecco später fand Elisa sich auf der Tanzfläche wieder, wo Raoul sie fest an sich presste und ihren Körper zu heißen Samba-Klängen bewegte.

Der Mann hatte den Rhythmus im Blut und sie

musste sich einfach mitreißen lassen. Er wusste, wie man junge, unerfahrene Frauen um den Finger wickelte. Denn, egal wie tough sie momentan auch wirkte, sie WAR unerfahren. Zwar hatte sie im letzten Jahr schon viel dazu gelernt und war deutlich selbstbewusster geworden, aber sie hatte erst mit einem Mann geschlafen und das letzte Mal war nun schon vier Jahre her.

Damals war sie von ihrem ersten Freund Sebastian, mit dem sie ein paar Monate zusammen gewesen war, entjungfert worden. Es war für sie beide das erste Mal gewesen und daher eine recht unbeholfene Angelegenheit. Auch die Male danach hatten mehr mit Turnübungen als mit Erotik gemeinsam gehabt.

Auf der Tanzfläche zog Raoul sie an sich heran und hielt sie fest.

Seine dunklen Augen, umrandet von beneidenswert langen Wimpern, funkelten sie herausfordernd an.

Sein Blick hatte etwas gefährlich Diabolisches und für den Moment vergaß sie Steven. Sie wurde neugierig und mutig.

Der Prosecco berauschte sie und entfachte die Lust auf ein Abenteuer.

Sie sah ihn ermunternd an und presste ihr Becken an seines. Er war nicht so viel größer als sie, was in dem Moment genau richtig war. Sie ließ ihre Hüften leicht kreisen und spürte etwas Festes, das sich gegen ihren Venushügel presste. Als sie realisierte, was das war, wurde ihr heiß.

Sie spürte, wie ihr das Blut in den Unterleib schoss und pulsierte. Sollte sie jetzt einen Rückzieher machen? Ging ihr das jetzt doch zu schnell? Sie sah Raoul an, sah seinen glühenden, gierigen Blick und hatte das unbändige Gefühl, es ausprobieren zu wollen. Nein, sie wollte keinen Rückzieher machen.

Raoul schien ihr das anzusehen, denn er schob eine Hand unter ihr Kinn, hob es an, um Sekunden später seine vollen Lippen auf ihre zu pressen.

Er umschlang ihren zierlichen Körper fest und drängte seine fordernde Zunge in ihren leicht geöffneten Mund, dass ihr schwindelig wurde.

Sie fuhr mit ihren Händen seinen Rücken hinunter bis zu seinem Po, der sich sehr sexy anfühlte. Dabei wurde sie immer mutiger und presste sich fester an ihn, um seine Erregung zu spüren. Fast vergaß sie, dass sie auf einer Tanzfläche stand und eine Menge Menschen sie beobachten konnten.

Elisas Abenteuergeist war geweckt. Dieser Mann, mit dem sie noch nicht allzu viele Worte gewechselt hatte, reizte sie sexuell unheimlich.

Raoul schien es ähnlich zu gehen, denn sie spürte, wie er seine Erektion an ihren Unterleib presste.

Das Spiel ihrer Zungen wurde immer leidenschaftlicher und Elisa versank in einem Strudel aus sexueller Lust. Irgendwann schob Raoul sie kurz ein Stück von sich und sie tauchte auf, aus ihrer Trance. Beschämt stellte sie fest, dass ihre Kollegen sie etwas erstaunt ansahen.

Kein Wunder, denn so kannte sie keiner. Das war ihr klar. Aber ihr Unterleib pulsierte immer noch und ihr war heiß.

Raoul sah sie an und flüsterte in ihr Ohr.

„Kommst du mit?"

„Wohin", fragte sie heiser und ihr Unterleib schien laut JAA zu schreien.

„Nach draußen, vertrau mir", sagte Raoul keck und zwinkerte ihr zu.

„Okay, aber ich muss noch kurz mit Tasha sprechen", sagte Elisa schnell und löste sich kurz von Raoul, um zu ihrer Freundin zu gehen. Tasha sah sie mit großen Augen an.

„Wow Elisa, was ist denn mit dir los?", fragte sie erstaunt.

„Keine Ahnung Tasha, ich kann einfach nicht anders", sagte sie und spürte, wie ihre Wangen rot wurden.

„Ich verschwinde mal kurz mit Raoul. Aber ich komme wieder", sprach sie weiter.

„Du bist alt genug, aber bitte geh auf Nummer sicher", sagte Tasha und schob ihrer Freundin etwas in die Hand, was Elisa recht schnell als Kondom identifizierte. Dann grinste sie und zwinkerte ihr zu.

„Zisch ab, und viel Spaß".

Elisa ging zurück zu Raoul, der sie schon von

Weitem mit seinen Blicken auszuziehen schien. Sie hatte weiche Knie und ihr Herz klopfte, aber ihre Vagina sprach eine eindeutige Sprache: Sie wollte das, und zwar jetzt!

Raoul nahm sie wortlos an die Hand und zog sie nach draußen. Sie gingen auf den Parkplatz und er holte seinen Autoschlüssel aus der Hosentasche.

Die Luft war kühl, aber Elisa war zu aufgeheizt, um zu frieren.

Plötzlich hörte sie ein Klicken vor sich und bei einem schicken Sportwagen gingen die Lichter an. Raoul schnappte sie unerwartet und küsste sie heftig.

Er öffnete die Beifahrertür und Elisa glitt auf den bequemen Ledersitz.

Mit einem Griff klappte Raoul die Lehne nach hinten und war über ihr. Er küsste sie leidenschaftlich, so leidenschaftlich, wie sie noch nie geküsst worden war.

Sie spürte, wie er ihr Kleid nach oben schob, seine Hände waren auf ihrer nackten Haut.

Die Berührungen waren elektrisierend und sie spürte, wie sie am ganzen Körper eine Gänsehaut bekam.

Ihr Slip fühlte sich feucht an. Sie ließ ihre Hände ebenfalls unter sein Shirt gleiten und fühlte seine muskulöse Brust. Wow, fühlte dieser Mann sich gut an!

Sie ließ eine Hand tiefer gleiten, zu der harten Stelle die sich gegen ihren Unterleib presste, und ein Stöhnen entwich Raouls Lippen, was sie noch mehr erregte.

Sie machte sich daran seinen Gürtel zu öffnen, während Raoul mit seinen Händen bei ihren kleinen, harten Brustwarzen angekommen war. Er schob die Träger über ihre Schultern, zog ihren BH nach unten, küsste ihre Brüste und biss sanft in ihre Brustwarzen.

Elisa konnte ein lustvolles Seufzen nicht mehr unterdrücken. Endlich hatte sie seinen Gürtel und seine Hose geöffnet und ließ ihre Hand hineingleiten. Sie war so mutig, sie erkannte sich selbst nicht, aber sie WOLLTE ihn einfach spüren.

Sie umfasste sein hartes Glied und spürte, wie eine Welle der Erregung durch Raouls Körper zuckte und er abermals stöhnte.

Er zog sich rasch sein Shirt über den Kopf und so konnte sie endlich seinen schönen, männlichen Oberkörper sehen.

Sie küsste seine Brust und knabberte an seinen Brustwarzen, während sie seine harte Männlichkeit massierte.

Raoul gab sich für einen Moment ganz ihren Zärtlichkeiten hin, schloss die Augen und atmete schwer. Dann sah er sie wieder an, küsste sie heftig und zog sanft ihre Hand aus seiner Hose.

„Ich kann mich gleich nicht mehr beherrschen, du musst eine Pause machen", flüsterte er, verschmitzt grinsend.

Elisa signalisierte ihm, dass sie weiter gehen wollte, und schob ihre Schenkel auseinander. Er ließ seinen Finger sanft zwischen ihre Beine gleiten, wo es feucht und heiß war, und massierte diese eine, bestimmte Stelle so gekonnt, wie Elisa es sonst nur selbst konnte.

Es war ein unbeschreibliches Gefühl und sie konnte sekundenlang nichts anderes tun, als die Augen zu schließen, zu genießen und zu stöhnen.

Raoul schien das zu gefallen und er küsste ihren Hals und knabberte an ihren empfindlichen kleinen Ohrläppchen.

Seine Finger vollbrachten wahre Kunststücke

zwischen ihren Beinen und sie war so erregt, dass sie ihn nun endlich ganz spüren wollte.

„Bitte", flüsterte sie atemlos, „bitte schlaf mit mir."

Ihr fiel das Kondom wieder ein, dass sie beim Rausgehen in die kleine Tasche ihres Kleides gesteckt hatte, und sie holte es heraus.

Raoul sah sie an.

„Soll ich, oder möchtest du es machen?", fragte er und Elisa war erleichtert, dass er nichts gegen ein Kondom einzuwenden hatte. Sie hatte plötzlich eine Idee und so lächelte sie ihn an und sagte: „Lass mich."

Sie öffnete die Verpackung und zog das Kondom vorsichtig heraus.

Dann signalisierte sie Raoul, dass er sich aufrichten sollte. Raoul tat, was sie verlangte und sie setzte das Kondom auf die Spitze seines Glieds, um es dann mit dem Mund darüber zu ziehen.

Raoul war überrascht, griff in ihre Haare und stöhnte auf. Sie hatte so etwas noch nie gemacht, aber es machte Spaß und so saugte sie noch ein wenig an Raouls erregter Männlichkeit, bevor sie wieder von ihm abließ und ihn anlächelte.

„Du machst mich wahnsinnig", sagte Raoul heiser und streifte mit seinen Fingern ihr Kleid komplett von ihren Schultern.

„Und du hast wunderschöne Brüste", flüsterte er. Für den Bruchteil einer Sekunde wurde Elisa bewusst, dass sie hier in einem Auto, auf einem Parkplatz waren und man sie sehen konnte, aber im nächsten Moment war ihr das wieder völlig egal.

Sie fühlte sich großartig und begehrenswert und sie wollte jetzt mit diesem Mann schlafen! Sie hob ihr Kinn um ihn zu küssen und er erwiderte ihren Kuss leidenschaftlich.

Dann drückte er sie sanft zurück in den Sitz und drang mit seiner ganzen Männlichkeit vorsichtig in sie ein.

Dieses Gefühl war so überwältigend, dass Elisa einen kleinen Schrei ausstieß. Raoul bewegte sich rhythmisch in ihr, bis sie gemeinsam, stöhnend zum Höhepunkt kamen.

Er lag schwer atmend auf ihr und sie waren beide verschwitzt.

Elisas Körper bizzelte, als ob Tausende kleine Ameisen auf ihm herumkrabbeln würden und sie war völlig entspannt.

Raoul sah sie an und schmunzelte.

„Wow, danke, das war wirklich Wahnsinn", sagte er und biss ihr leicht in die Nasenspitze. Elisa lächelte, so langsam erwachte sie wieder aus ihrer Trance. Sollte sie sich schämen? Nein, sie wollte sich nicht schämen.

Sie sah sich kurz um, die Scheiben des Wagens waren beschlagen.

Wortlos zogen sie sich an und Raoul kletterte aus dem Auto.

Er entsorgte das Kondom und Elisa zupfte ihr Kleid zurecht. Sie würde wohl als Erstes eine Toilette aufsuchen müssen.

Auf dem Weg zurück in die Bar, nahm

Raoul sie an die Hand und vor der Tür küsste er sie noch einmal.

Dann gingen sie hinein und Elisa ging als Erstes Richtung Damentoilette.

Als sie in den Spiegel sah, traf sie erst mal der Schlag. Ihr Pferdeschwanz war völlig zerwühlt und ihr Make-up war verschmiert. Sie hatte rote Wangen und glänzende Augen.

Einen Moment lang sah sie sich an und schüttelte den Kopf, dann musste sie plötzlich lachen. Was hatte sie da nur gemacht? Es war einfach der Wahnsinn gewesen.

Die Tür ging auf und Tasha kam herein und sah sie erstaunt an.

„Wow, Kleines, sieht aus als wäre es gut gewesen", sagte sie dann lachend.

Elisa wurde rot und grinste beschämt.

„Ja, es war sensationell Tasha", sagte sie und wurde ein bisschen rot.

„Komm, hier hast du deine Handtasche. Du musst dich wieder ein bisschen richten und dann geht die Party weiter, der Abend ist noch jung", sagte Tasha gut gelaunt.

Elisa grinste ihre Freundin an und war einmal mehr froh darüber, dass diese so herrlich unkompliziert war.

Sie versuchte, den verschmierten Maskara so gut es ging wegzuwischen, trug sich neuen Lipgloss auf, und band ihren Pferdeschwanz neu. Zusammen mit Tasha ging sie dann wieder ins Getümmel und spürte, wie ihr Herz klopfte.

Ob Raoul noch da war? Sie wusste eigentlich fast nichts von ihm. Aber bevor ihre Augen sich intensiv auf die Suche nach ihm machen konnten, blieben sie auf jemand anderem hängen ... Steven stand an der Bar und sah sie verwundert an.

„Seit wann ist Steven denn da?", fragte sie Tasha erstaunt.

„Er kam kurz, nachdem du mit Raoul raus gegangen bist. Er hat auch nach dir gefragt", antwortete sie, schelmisch grinsend.

„Und was hast du gesagt?", fragte Elisa erschrocken.

„Ich hab gesagt, du musstest mal an die frische Luft. Aber er hat gesehen, wie du mit Raoul rein gekommen bist", erzählte Tasha weiter. Na toll, dachte Elisa. Aber andererseits, was solls. Ihr Unterleib kribbelte immer noch von dem Erlebnis mit Raoul und sie bereute nichts. Sie ging hinter Tasha her an die Bar zu den Kollegen, bei denen auch Steven stand.

Raoul konnte sie nicht entdecken, aber Christian war noch da. Schüchtern begrüßte sie Steven mit einem „Hi" und er lächelte sie an.

„Hi, alles Okay?", fragte er.

„Alles Okay", antwortete sie schnell und wurde ein bisschen rot. Steven sah toll aus und die altbekannten Schmetterlinge meldeten sich zurück. Sie erschrak ein bisschen, als sie plötzlich in den Nacken geküsst wurde. Als sie sich hastig umdrehte, blickte sie in Raouls fast schwarze Augen. Er lächelte sie verschmitzt an und legte seine Arme um ihre Taille. Der Typ hatte einfach etwas. Verdammt, wo war sie denn hier rein geraten? Raoul flüsterte ihr ins Ohr.

„Ich muss jetzt gehen, sehen wir uns mal wieder?"

Elisa konnte nur nicken. Sie spürte seine Hand an ihrem Po und wie er sie näher zu sich zog. Dann steckte er einen kleinen Zettel in ihr Dekolleté.

„Bye, und melde dich mal, es würde mich freuen", sagte er und küsste sie direkt auf den Mund. Dann nickte er Christian zu, der allen noch ein „Bye" zurief und sie verließen die Bar. Elisa sah ihnen nach.

Sie hatte das Gefühl spüren zu können, wie Stevens Blicke sich in ihren Rücken bohrten. Was mochte er jetzt von ihr denken?

Sie zögerte sich umzudrehen und sah auf die Uhr. Es war kurz nach Mitternacht, also eigentlich noch früh.

Plötzlich stand Tasha neben ihr und drückte ihr

einen Caipirinha in die Hand.

Dankbar nahm sie ihn und drehte sich zu Steven um, der sie argwöhnisch musterte.

Sie nahm einen Schluck von ihrem Cocktail und blickte umher, während Steven anfing, sich mit einem jungen Mann zu unterhalten, den sie nicht kannte.

Tasha war guter Dinge und flirtete auf Teufel komm raus mit Bastian, einem jungen Mann aus der EDV-Abteilung.

Irgendwie kam Elisa sich jetzt etwas verloren vor. Also beschloss sie, schnell noch einen großen Schluck Caipirinha zu trinken. Es wurde immer noch lateinamerikanische Musik gespielt und Elisa überlegte gerade, wieder auf die Tanzfläche zu gehen, als Steven sie plötzlich ansprach.

„Bist du mit Tasha hergekommen?", fragte er.
„Ja", antwortete sie schnell. Dann stellte er ihr

seine Begleitung namens Marian vor. Sie unterhielten sich noch etwas verkrampft und oberflächlich, bis irgendwann Tasha kam und sie mit auf die Tanzfläche zerrte. Tanzen schien Elisa jetzt eine gute Idee, um dieses merkwürdige Gefühl aus ihrem Körper zu verdrängen. Die Situation mit Steven war irgendwie unangenehm gewesen. Sie war ziemlich durcheinander und etwas zu angeheitert und froh, dass sie das verkrampfte Gespräch nicht weiterführen musste. Verdammt, morgen würde sie sich sicher schämen und sich ärgern. Das wäre eine Chance gewesen, Steven besser kennenzulernen. Aber im Moment war sie vom Alkohol und dem bisher besten Sex ihres Lebens zu beschwipst.

Steven beobachtete sie von der Bar aus. Sein Blick war merkwürdig ernst, schlecht zu deuten. Bisher hatte sie nicht wirklich das Gefühl gehabt, dass er sie interessant fand. Aber irgendetwas schien ihn jetzt doch an ihr zu interessieren. Irgendwann, als sie einen Moment die Augen geschlossen hatte, war Steven verschwunden.

Unwesentlich später, gegen drei Uhr, beschloss dann auch Tasha, dass es Zeit war zu gehen. Beschwipst und aufgewühlt verließen die Mädels die Party und gingen nach Hause.

Da Tasha ganz in der Nähe wohnte und Elisa nicht mehr allein nach Hause laufen wollte, beschloss sie, bei Tasha zu übernachten. Sie zog ihr Kleid aus und plötzlich fiel der kleine Zettel, den Raoul ihr in den BH gesteckt hatte auf den Boden. Sie hob ihn auf und las:

Ich würde dich gern wiedersehen.
0131-3330557
Raoul

Lächelnd steckte sie den Zettel in ihre Handtasche und legte sich in Tashas breites Bett. Während sie Tasha noch im Badezimmer hörte, schloss sie die Augen und schlief ein.

Traumfantasie

Elisa findet sich auf einer grünen Wiese wieder. Sie trägt nur ein leichtes Sommerkleid und ist barfuß, denn es ist herrliches Wetter. Sie ist allein. Wind bläst durch ihre Haare.

Wo ist sie? Sie dreht sich um und sieht eine kleine Scheune, verlassen auf dem Feld. Irgendwie zieht es sie dort hin.

Sie läuft mit ihren nackten Füßen auf die Scheune zu und schlüpft durch einen Spalt im Tor hinein.

Es ist dunkel. Nur durch die oberen Fenster dringt etwas Licht.

Es ist nichts hier drinnen außer Stroh. Vorsichtig geht sie ein paar Schritte, Stroh kitzelt und pikst in ihre nackten Fußsohlen. Es riecht angenehm.

Hände schieben sich vor ihre Augen, aber sie hat keine Angst. Warmer Atem in ihrem Nacken. Lippen, die ihren Hals küssen. Gänsehaut auf ihrem ganzen Körper.

Die Hände verschwinden und sie blickt in blaue Augen, Stevens Augen. Seltsam, Stevens Hände umfassen ihr Gesicht, aber da sind noch mehr Hände. Hände, die sie von hinten umfassen. Alles ganz sanft, nicht beängstigend. Elisa will in diesen blauen Augen ertrinken, die sie ernst ansehen. Stevens Hände sind an ihren Wangen. Sein Mund kommt näher, ein Kuss. Schmetterlinge im Bauch und wieder diese anderen Hände, die von hinten ihren Bauch aufwärts zu ihren Brüsten streichen. Elektrisierendes Gefühl, Küsse auf ihrem Mund und in ihrem Nacken. Ein Körper, der sich von hinten an sie drängt. Das Gefühl ist vertraut.

Immer noch Stevens Lippen auf ihren, seine

Hände wandern zu ihren Schultern. Sie streifen die Träger ihres Sommerkleides herunter. Elisa ist nackt. Ihre Hände erwachen zum Leben. Fühlen, wie sich Steven anfühlt, fassen nach hinten und spüren nackte Haut. Zwei Männer, hier mit ihr, alleine. Lust entfacht in ihr.

Der Mann hinter ihr ist ebenfalls nackt. Sie spürt seine Erektion an ihrem Po. Augen schließen, genießen.

Wie ein Sandwich zwischen zwei heißen Körpern, die SIE wollen.

Steven ist jetzt auch nackt. Hände auf ihren Brüsten und an ihrem Po. Ihre Hände umfassen Stevens Männlichkeit. Ein Stöhnen und brodelnde Lust in ihrem Inneren.

Ihre andere Hand umfasst die harte Männlichkeit hinter ihr.

Die unbekannten Hände umfassen von hinten ihr

Gesicht und drehen sie um. Schwarze Augen, Raouls Augen. Und Raouls gierige Zunge, die sich zwischen ihre leicht geöffneten Lippen schiebt. Jetzt sind es Stevens Lippen, die ihren Nacken berühren. Sie wird hochgehoben. Raoul trägt sie, Stevens Berührungen verschwinden.

Sie wird ins Stroh gelegt, schließt die Augen. Der Körper, der sich jetzt auf sie legt und sie küsst, ist nicht Raoul nein, Steven ist wieder da. Er rollt sich mit ihr auf die Seite. Unmittelbar hinter ihr ist Raoul.

Zwischen ihren Beinen pulsiert und brodelt es. Sie will sie beide!

Raoul spreizt ihre Schenkel. Sein Finger findet die feuchte, kochende Stelle.

Stevens Hände massieren ihre Brust, seine Zunge liebkost ihre Brustwarzen.

Ihre Hände fassen seine Erektion, massieren sie.

Sie hört lustvolles Stöhnen.

Stevens Körper, der sich anspannt. Sein Atem geht stoßweise, sie spürt ihn heiß auf ihrer Haut. Steven setzt sich auf, nimmt sie mit.

Sie bückt sich zu seinem Glied, will ihn liebkosen.

Raouls Hände umfassen ihre Hüften, spreizen ihre Beine und dann spürt sie ihn in sich.

Sie muss stöhnen, saugt intensiver an Stevens Männlichkeit, der unter ihren Liebkosungen bebt. Rhytmisch nimmt Raoul sie von hinten, sie hört ihn stöhnen. Ihr wird heiß, immer heißer, sie zittert, ihre Vagina zieht sich zusammen, so schön, so geil, dieses Gefühl. Augen schließen und nur noch spüren, bis zur Explosion ...

Elisa riss die Augen auf. Keuchend lag sie auf dem Rücken. Ihr Unterleib pulsierte immer noch. Verstohlen sah sie sich um.

Tasha neben ihr, schlief noch. Sonnenstrahlen krochen durch die Ritzen der Rollläden.

Was für ein Traum. Verwirrt stand Elisa auf. Duschen schien ihr jetzt eine gute Idee um sich abzukühlen. Sie drehte das kalte Wasser auf und schnappte nach Luft. Aber es half. Der kalte Wasserschauer verscheuchte das Glühen aus ihrem Körper und die Verwirrung aus ihrem Kopf.

Langsam drehte sie das Wasser wärmer und reckte ihr Gesicht dem Strahl entgegen. Die Tropfen prasselten auf ihr Gesicht und ein Lachen bahnte sich seinen Weg. Was für ein Abend, was für eine Nacht. Das Leben war verrückt und hatte so viel zu bieten. Sie wollte es kosten, es ausleben. Der Sex mit Raoul war wunderbar gewesen. Das Tier in ihr war erwacht, ihre Sehnsucht nach Leben wollte gestillt werden!

Lebensfreude

Ein wunderschöner Samstagmorgen wartete auf Elisa, als sie eine Stunde später Tashas Wohnung verließ und sich auf den Heimweg machte.

Erst einmal schnell nach Hause, umziehen und dann den Tag genießen. Zu Hause angekommen schlüpfte sie aus ihrem Kleid, hinein in ihre Lieblingsjeans und ein pinkes Longsleeve. Die Haare ließ sie offen und sprang in ihre bequemen Chucks.

Das Schöne daran, in der Stadt zu wohnen war, dass man etliche Straßencafés um die Ecke hatte, in denen man super frühstücken konnte. Das war jetzt genau das Richtige.

Gut gelaunt, ihren iPod im Ohr, schlenderte sie zu ihrem Lieblings-Café um die Ecke, wo sie von

Giuliano, dem Besitzer, freudig begrüßt wurde. Sie bestellte sich einen Latte und ein Croissant.

Mit James Blunts „Stay the Night" in den Ohren schloss sie ihre Augen und reckte ihr Gesicht der Sonne entgegen. Frühlingsgefühle pur! Sie konnte sich ein Seufzen nicht verkneifen.

Wahrscheinlich sollte sie sich schämen, für das, was letzte Nacht geschehen war. Dass sie sich so hatte gehen lassen, mit einem Fremden, vor ihren Arbeitskollegen.

Es sollte ihr etwas ausmachen, dass Steven es mitbekommen hatte und jetzt vermutlich "Gott weiß, was" von ihr dachte. Aber sie tat es nicht. Sie fühlte sich großartig, attraktiv, begehrenswert! Sie hatte Lust auf Leben, auf Spaß! Endlich hatte sie das Landmädchen Elisabeth vollkommen abgestreift. Nicht, dass sie ihr Elternhaus nicht mochte, sie verstand sich gut mit ihrer Familie.

Ein paar Tage im Jahr konnte man sich dort wirklich gut erholen, aber sie wollte dort nicht mehr leben. Sie war nicht der Heidi-Typ, nein, sie war eher die Carrie Bradshaw ihrer Familie. Ihre Eltern akzeptierten das.

Mit ihren 20 Jahren wollte sie ihr Leben jetzt richtig genießen. Da erst Samstag war, spielte sie mit dem Gedanken ihre beiden Freundinnen zu motivieren, an diesem Abend wieder etwas zu unternehmen. Ein Anruf bei Tasha brachte ihr allerdings eine Abfuhr und auch Ines hatte sich schon fürs Kino verabredet. Elisa überlegte. Sie sah auf ihre Handtasche, wohl wissend, was sich darin versteckte. Raouls Telefonnummer. Sollte sie es wagen, ihn anzurufen? Sie hatte sich nicht verliebt, aber sie spürte dennoch eine gewisse Sehnsucht. Die Sehnsucht nach dem, was er imstande war mit ihr zu tun. Raoul schien ihr genau der

Richtige um Erfahrungen zu sammeln.

Nervös wühlte sie in ihrer Handtasche, bis ihr der Zettel in die Hände fiel. Mit zittrigen Fingern zog sie auch ihr Handy heraus.

Den Mut ihn anzurufen hatte sie nicht, aber eine sms wollte sie ihm schreiben. Mit klopfendem Herzen tippte sie die Nachricht in ihr Handy:

Was machst du heute Abend?
xx Elisa

Sie zögerte einen Moment, doch dann tippte sie seine Nummer ein und drückte auf "Senden". Danach lehnte sie sich zurück und widmete sich ihrem Croissant.

Sie dachte an ihren Traum. Sie hatte schon des öfteren heiße Träume gehabt, aber bisher noch nie mit zwei Männern gleichzeitig.

Ein reizvoller Gedanke war das, wenn auch sehr unwahrscheinlich, dass er sich mit diesen beiden Männern erfüllen würde.

Der Traum war umwerfend gewesen, die Erinnerung daran ließ ihr ein Seufzen entweichen und sie spürte, wie ihr Unterleib warm wurde.

Sie dachte an Steven. Er hatte sie gestern beobachtet. Ob er sie vielleicht doch interessant fand? Oder war er jetzt enttäuscht von ihr? Himmel, was war nur mit ihr los? Sie musste lachen. Es würde sich alles irgendwie finden, das hatte sie im Gefühl.

Giuliano musterte sie grinsend und sagte „dir geht es gut Bella, habe ich recht?"

„Mir geht es blendend", antwortete Elisa mit einem Lächeln.

Giuliano war ein typischer Italiener Mitte vierzig. Charmant, klein, großzügig, mit zurückgegelten Haaren. Für reifere Frauen war er sicher interessant, Elisa sah in ihm aber eher den Kumpel.

Da sie sehr oft hier im Café saß, kannte sie ihn schon recht gut. Sie beobachtete ihn amüsiert, wie er zwei Damen seines Alters ihren Cappuccino brachte und mit ihnen flirtete. Das Piepen ihres Handys riss sie aus ihren Gedanken. Aufgeregt sah sie auf das Display. Es war tatsächlich eine Antwort von Raoul:

Ich hoffe, ich habe eine Verabredung mit dir :-)

Stand darin. Elisas Finger zitterten nervös als sie zurückschrieb:

Wann und wo?

Es dauerte nicht lange, bis er wieder antwortete:

Sag mir, wo ich dich um 19 Uhr abholen soll und dann lass dich überraschen!

Ja, das war spannend, sie würde ihn heute Abend wiedersehen und sie würden wieder unglaublichen Sex haben!

Schnell tippte sie die Adresse des Cafés, in dem sie gerade saß, in ihr Handy. Sie wollte ihm nicht gleich ihre richtige Adresse geben. Dann drückte sie abermals auf "Senden".

Wenige Minuten später kam wieder eine Antwort von ihm.

:-) Ich werde da sein!

Mit klopfendem Herzen steckte sie ihr Handy wieder in ihre Tasche und trank ihren Latte. Das Grinsen wollte einfach nicht mehr aus ihrem Gesicht verschwinden, egal wie sehr sie auch versuchte es zu unterdrücken. Kopfschüttelnd dachte sie, was für ein verdorbenes Stück sie doch war!

Vorspeise

Nervös tippelte Elisa von einem Fuß auf den anderen. Sie stand vor dem Straßencafé, wohin sie Raoul bestellt hatte, und war ein paar Minuten zu früh.

Da sie nicht wusste, was er mit ihr vorhatte, hatte sie sich entschieden Röhrenjeans und Stiefel sowie ein eng geschnittenes, türkisfarbenes Oberteil anzuziehen. Darüber trug sie eine schwarze Lederjacke und unten drunter die verführerischste, rote Unterwäsche, die sie in ihrem Schrank finden konnte. Die Haare trug sie diesmal offen und sie war nur leicht geschminkt.

So wartete sie nun, nervös und gleichzeitig ungeduldig, auf Raoul. Sie musste aber nicht lange warten, denn er war pünktlich.

Um Punkt 19 Uhr hielt der hübsche, schwarze Sportwagen, den sie schon kannte genau vor ihren Füßen. Die getönten Scheiben fuhren herunter und Raoul grinste sie frech an.

„Hallo Schönheit", sagte er und öffnete ihr von innen die Tür.

„Hi", antwortete Elisa und stieg ein. Raoul sah toll aus. Und er roch noch viel toller.

Er hatte seine Haare frech frisiert, trug ein enges weißes Shirt und ebenfalls eine schwarze Lederjacke. Sie musste ihn einfach ansehen, während er das Auto wieder auf die Straße manövrierte.

„Was hast du jetzt mit mir vor?", fragte Elisa nach ein paar Sekunden.

„Hast du schon etwas zu Abend gegessen?" Fragte er sie mit seiner dunklen rauchigen Stimme.

„Nein", gab Elisa zu.

„Gut, dann fahren wir zu mir und du lässt dich

verwöhnen", sagte Raoul und sah sie aus dem Augenwinkel mit einem schiefen Grinsen an.

„Okay, ich bin gespannt", sagte Elisa lächelnd und knabberte kribbelig auf ihrer Unterlippe. Was er wohl mit „verwöhnen" meinte?

Im Radio lief gerade „Same Mistake" von James Blunt. Was für ein Zufall, sie liebte James Blunt.

Sie saßen nicht lange im Auto, aber Elisa hatte sich nicht auf den Weg konzentrieren können und so wusste sie nicht wirklich, wo in Frankfurt sie jetzt waren.

Sie war damit beschäftigt gewesen, ihre verwirrenden Gefühle zu sortieren.

Raoul war heiß, aber er war nicht Steven. Die Gefühle für ihn waren anders, als die für Steven. An Steven interessierte sie alles. An Raoul, das musste sie sich eingestehen, bis jetzt recht wenig.

Das Interesse war auf seine Liebhaber Qualitäten

beschränkt.

Als Raoul schließlich in eine Tiefgarage fuhr, riss sie das grelle Licht aus ihren Gedanken. Sie hatten die ganze Fahrt über kein Wort gesprochen.

Raoul sah sie an und grinste, dann stieg er aus, lief um das Auto herum und öffnete ihr die Tür. „Ganz Gentleman", dachte Elisa.

Er nahm ihre Hand und lief mit ihr zu einem Aufzug. Dieser Wohnkomplex schien sehr neu zu sein. Sie stiegen in den sehr modernen Aufzug, und kaum dass die Schiebetür sich geschlossen hatte, zog Raoul sie an sich.

Er drückte sie an die Wand und küsste sie gierig. Elisa war überrascht und berauscht zugleich. Raoul fackelte nicht lange.

Während er sie küsste, drückte er auf den Stoppknopf des Aufzugs, der mit einem Rumpeln zwischen den Stockwerken stehen blieb. Einen

Moment hielt er inne und sah Elisa prüfend an.

Elisa glühte innerlich und konnte nur nicken. Was war das nur mit Raoul, dem Mann den sie eigentlich gar nicht kannte und der sie sexuell so in der Hand hatte. Er machte sich an ihrer Hose zu schaffen, bis sie ihr von den Hüften rutschte und Elisa öffnete seine Jeans.

Er schob ihr ein Kondom in die Hand und sie kümmerte sich darum, dass es an seinen Platz kam.

Wild küssend hob er sie hoch, drückte sie an die Wand und drang in sie ein.

Eine ganze Weile bewegte er sich nicht, küsste einfach nur ihren Hals, knabberte an ihren Ohrläppchen und hielt sie fest. Er drückte sie fester an die Wand, um eine Hand lösen zu können und sie unter ihr Shirt gleiten zu lassen. Sie streckte ihm ihre Brüste erwartungsvoll entgegen. Elisa hatte die Augen geschlossen und genoss die Liebkosungen.

Irgendwann begann er sich wieder zu bewegen und Elisa wollte schreien vor Erregung. Seine Bewegungen wurden immer heftiger und sein Stöhnen an ihrem Ohr immer lauter, was sie unheimlich anmachte.

Sie steigerten sich in ihre Lust, gaben sich hin, bis sie beide fast gleichzeitig ihren Höhepunkt erreichten.

Völlig außer Atem sahen sie sich an und mussten beide lachen. Raoul ließ sie wieder herunter und sie zogen sich schnell an. Dann drückte Raoul den Knopf und der Aufzug setzte sich wieder in Bewegung.

Er sah Elisa verschmitzt grinsend an, sagte: „Das war die Vorspeise", und nahm sie an die Hand. Die Fahrstuhltür öffnete sich und sie gingen einen hellen Flur entlang zu Raouls Wohnung.

Hauptspeise

Raoul öffnete die Tür zu seiner Wohnung und ließ Elisa zuerst eintreten.

Sie stand direkt in einem riesigen Wohnzimmer mit Fensterfront, wodurch man die Skyline von Frankfurt sehen konnte.

In welchem Stock waren sie hier wohl? Rechts vom Eingang war eine sehr moderne, offene Küche mit Bar. Geradeaus eine Couch, besser gesagt Liegewiese, in Weiß.

Alles war sehr modern und stylish und für eine Männerwohnung ungewöhnlich sauber und aufgeräumt. Es sah alles danach aus, als ob Raoul als Immobilienmakler recht erfolgreich wäre.

„Setz dich und mach es dir gemütlich", flüsterte Raoul hinter ihr, nah an ihrem Ohr. Dann ging er in die Küche.

Elisa ging zu der riesigen Couch und setzte sich. Sie beobachtete Raoul in der Küche. Er hatte seine Jacke ausgezogen und werkelte herum. Dabei hatte er ein schiefes Lächeln auf den Lippen. Elisa konnte nicht genau sehen was er tat, aber er sah auf jeden Fall sexy aus dabei. Sie sah aus dem Fenster, auf die beleuchtete Skyline von Frankfurt.

Es war eine schöne Aussicht und sie lehnte sich seufzend zurück. Es klimperte in der Küche. Was er da wohl trieb? Elisa fühlte sich sehr entspannt nach der heißen Vorspeise, aber ein klein wenig meldete sich ihr Magen jetzt doch.

Als ob er ihre Gedanken gehört hätte, kam Raoul plötzlich mit einem riesigen Tablett angelaufen. Er stellte es auf dem großen Glas-Couchtisch ab, setzte sich neben Elisa und sah sie prüfend an.

„Hunger?", fragte er mit hochgezogenen

Augenbrauen. Elisa blickte auf das Tablett, auf dem sich Tapas in allen Variationen befanden, was sehr lecker aussah. Außerdem standen noch zwei Gläser mit Rotwein darauf.

„Und wie", sagte sie lächelnd.

Raoul nahm eine gefüllte Dattel mit Speck und schob sie Elisa in den Mund. Es schmeckte hervorragend.

„Hast du das selbst gemacht?", fragte sie, ehrlich interessiert.

„Ja, einiges davon. Meine Eltern haben eine Tapas-Bar, von ihnen habe ich die Rezepte. Schmeckt es dir?", antwortete Raoul, ungewöhnlich gesprächig.

„Ja, es schmeckt toll", erwiderte Elisa und schob sich einen gefüllten Champignon in den Mund.

So saßen sie da, gemütlich auf Raouls weißer Ledercouch, und fütterten sich gegenseitig mit

Tapas. Es war eine entspannte Atmosphäre, in der sich auch ein nettes Gespräch entwickelte, das immer mal wieder durch einen Kuss unterbrochen wurde. Raoul konnte verdammt gut küssen.

Elisa erfuhr ein bisschen was über ihn und sein Leben und im Gegenzug erzählte sie ihm von ihrem Leben. Irgendwann lehnte sie sich zurück, sie war echt vollgefuttert.

Raoul brachte das fast leere Tablett in die Küche und machte es sich dann ebenfalls neben Elisa bequem.

Einen Moment lang lagen sie schweigend nebeneinander. Raoul strich versonnen mit seinen Fingern über Elisas Arm. Elisa überlegte gerade, woran er wohl dachte, als er anfing zu sprechen.

„Du bist eine tolle, aufregende Frau Elisa. Aber ich muss dir etwas sagen. Es ist nur fair, wenn ich es dir jetzt sage. Ich bin nicht auf der Suche nach einer festen Beziehung."

Elisa atmete tief ein. Sie empfand es als überhaupt nicht schlimm, ganz im Gegenteil. Eine feste Beziehung wollte sie ja auch nicht. Sie fand Raoul toll, aufregend, aber verliebt war sie nach wie vor in Steven.

Sie sah Raoul an, der etwas unsicher zurückblickte.

„Das ist in Ordnung. Lass uns einfach Spaß miteinander haben. Ganz unverbindlich", sagte sie schließlich. Raoul schien im ersten Moment überrascht, aber dann grinste er und zog sie zu sich heran, um sie zu küssen.

Elisa ließ sich in die Sofakissen sinken und genoss den Kuss und die herrlich unkomplizierte Tatsache, dass sie Raoul nun wohl als ihren Liebhaber bezeichnen konnte. Wie aufregend!

Bei dem Kuss blieb es natürlich nicht. Es wurde

ein intensives Liebesspiel daraus, mit Frankfurts Skyline im Hintergrund.

Es war aufregend Raouls nackten Körper auf sich zu spüren. Nackte, verschwitzte Haut, die sich aneinander rieb. Für einen Moment fühlte sie sich wie Sharon Stone, als Carly Norris, in dem Film „Sliver". Einer ihrer Lieblingsfilme. Raoul legte sich hinter sie, in Löffelchen Stellung und drang in sie ein. Es war ein unbeschreibliches Gefühl, das Elisa so noch nicht kannte.

Mit sanften, rhythmischen Bewegungen brachte er sie beide zum Orgasmus. Anschließend verweilten sie atemlos in dieser Position. Raoul hielt sie von hinten fest umschlungen. Eine ganze Zeit lang sagte niemand etwas.

Irgendwann löste sich Raoul von ihr und stand auf, um in die Küche zu gehen.

Elisa blieb nackt auf dem Sofa liegen und wäre

fast weggedöst, als sie plötzlich etwas an ihrem Mund spürte. Sie öffnete ihre Augen und sah in die von Raoul, der vor ihr in die Hocke gegangen war und ihr eine Erdbeere an den Mund hielt.

„Lust auf Nachtisch?", fragte er schelmisch.

Er fütterte sie mit Erdbeeren und Himbeeren zum Nachtisch. Elisa genoss alles, was hier mit ihr passierte. Sie spielte mit den Früchten an ihren Lippen, wie sie es schon im Fernsehen gesehen hatte.

Irgendwann fing sie auch an, Raoul zu füttern. Sie steckte ihm eine Erdbeere in den Mund und biss ebenfalls hinein. Sie aßen die Frucht gemeinsam, bis ihre Lippen aufeinandertrafen und in einem sinnlichen Kuss versanken.

Etwas später, als sie entspannt und satt auf der Couch lag, verspürte sie die Müdigkeit und den Drang, nach Hause zu fahren. Sie wollte nicht bei

Raoul übernachten. Raoul schien das zu spüren. Aufmerksam sah er sie an.

„Soll ich dich nach Hause fahren, Schönheit?", fragte er.

„Ja, bitte, ich bin müde", antwortete sie ehrlich. Und so fand sie sich wenig später in Raouls Auto wieder. Sie ließ sich diesmal richtig nach Hause fahren.

Vor ihrer Haustür verabschiedete sie sich von Raoul, der sie zum Abschied auf die Stirn küsste.

„Schlaf gut Schönheit, wir hören voneinander", sagte er zum Abschied.

„Gute Nacht, danke für den schönen Abend und das tolle Essen", antwortete Elisa, lächelte und stieg aus.

Steven

Elisa schlief am Sonntag lange aus.

Als sie aufwachte und sah, dass draußen die Sonne schien und die Vögel zwitscherten, beschloss sie ihre Eltern zu überraschen und in den Odenwald zu fahren.

Sie hatte das Gefühl, sich wieder etwas „erden" zu müssen.

Ihre Familie freute sich über den spontanen Besuch und Elisa verbrachte einen schönen Tag.

Am Abend, nach einem gemütlichen Familienessen, fuhr sie mit dem letzten Zug wieder nach Hause.

Als Elisa am nächsten Morgen das Großraumbüro betrat, sah sie Steven sofort. Er stand an dem kleinen Küchentresen und trank Kaffee.

So egal es ihr am Wochenende gewesen war, so unangenehm war es ihr nun doch heute, wenn sie daran dachte, dass er mitbekommen hatte, was sie mit Raoul getrieben hatte. Dass sie es MIT ihm getrieben hatte.

Steven war darin vertieft, in seinem Kaffee zu rühren und bemerkte sie nicht. Er sah etwas müde, aber nicht weniger umwerfend aus als sonst. Sein Blick war nachdenklich. Wie er so dastand, hatte er etwas, dass Elisa sich am liebsten an ihn geschmiegt hätte.

Nein, mit Steven war das wirklich etwas anderes, als mit Raoul.

Bevor Steven merken konnte, dass sie ihn beobachtete, ging sie an ihren Platz.

Wenig später ging auch Steven an seinen Platz zurück.

Sein Blick schweifte kurz durch das Büro, bis er

bei ihr ankam. Als er registrierte, dass sie da war, lächelte er kurz und setzte sich dann auf seinen Platz.

Ein seltsames Gefühl machte sich in Elisa breit. Die ganze Zeit war sie so unter dem Eindruck von Raoul gewesen, aber der gestrige Tag bei ihrer Familie hatte sie wieder etwas auf den Boden gebracht. Auf einmal war es ihr unangenehm, dass Steven sie in der Cocktail-Bar so gesehen hatte. Er hatte jetzt sicher einen ganz falschen Eindruck von ihr.

Etwas geknickt setzte sie sich an ihren Laptop und schaltete ihn an.

Als sie gerade dabei war ihre E-Mails zu lesen, klingelte ihr Telefon. Sie sah die Durchwahl ihres Chefs auf dem Display aufleuchten, also ging sie schnell dran.

„Guten Morgen Elisa, kommst du bitte in zehn

Minuten mal in mein Büro?", fragte Timo Weidlich freundlich am anderen Ende.

„Klar, mache ich", antwortete Elisa, legte auf und überlegte, was es wohl so Wichtiges geben könnte.

Sie hörte, wie Stevens Telefon ebenfalls klingelte.

Zehn Minuten später erhob sie sich von ihrem Platz und sah, dass Steven ebenfalls aufstand und dieselbe Richtung, wie sie einschlug. Plötzlich standen sie gemeinsam vor der Bürotür ihres Chefs.

Verlegen sahen sie sich an, bis Steven den ersten Schritt tat und an die Tür klopfte.

„Ja, bitte" erklang Timo Weidlichs Stimme von der anderen Seite der Tür. Steven öffnete die Tür und ließ Elisa den Vortritt. Timo saß an seinem Schreibtisch und sah zu den beiden auf.

„Setzt euch doch bitte kurz, ich habe etwas mit euch zu besprechen", sagte er freundlich und wies auf die beiden Stühle vor seinem Schreibtisch. Als sie beide platzgenommen hatten, sah er sie an.

„Ich habe einen neuen Auftrag. Die Organisation einer Pressekonferenz einer großen Computerfirma. Der Auftrag ist richtig gut und wichtig, aber da ich ein paar Tage verreisen muss, kann ich mich nicht selbst darum kümmern", sagte er ruhig und sah Steven herausfordernd an.

„Steven, ich möchte, dass du das als Projektmanager übernimmst. Ich denke, du bist soweit, dass ich dir so einen großen Auftrag übergeben kann."

Steven lächelte. Elisa konnte sehen, wie sich sein Rücken straffte und seine Augen strahlten.

„Klar, danke das mache ich gerne. Du kannst dich auf mich verlassen", sagte er mit fester

Stimme. Timo richtete seine Augen auf Elisa.

"Elisa, du hilfst ihm bitte dabei. Ich denke, es ist für dich mal eine nette Abwechslung. Ich möchte, dass ihr euch in den nächsten Tagen verschiedene Hotels anschaut. Steven, ich schicke dir alle Infos zur Pressekonferenz per E-Mail zu. Elisa, die Sache hat jetzt erst einmal Priorität. Alle anderen administrativen Dinge können warten." Elisa nickte.

„Klar, kein Problem. Du kannst dich auch auf mich verlassen", antwortete sie und konnte dabei ein leicht nervöses Flattern ihrer Stimme nicht verhindern.

„Sehr schön, etwas anderes habe ich auch nicht erwartet", sagte Timo lächelnd und zwinkerte ihr zu.

„Okay, dann setzt euch am besten gleich mal zusammen und fangt an zu planen. Steven, du bekommst in den nächsten Minuten eine Mail von mir", sagte Timo abschließend und nickte den beiden aufmunternd zu.

Wie auf Kommando standen Steven und Elisa gleichzeitig auf, nickten zurück und verließen gemeinsam das Büro.

Vor der Tür drehte Steven sich zu Elisa und sah sie direkt an.

„Ich werde mir jetzt erst einmal die Mail von Timo durchlesen, dann sage ich dir Bescheid, wenn wir uns zusammensetzen können", sagte er ruhig und ein kleines Lächeln umspielte seine Mundwinkel. Seine türkisblauen Augen strahlten.

„Alles klar, dann organisiere ich in der Zeit noch ein paar Dinge um", sagte Elisa und versuchte dabei so lässig wie möglich zu klingen. Steven nickte ihr zu und machte sich dann auf den Weg zu seinem Platz.

Elisa atmete einmal tief durch und eilte dann ebenfalls an ihren Platz. Sie ließ sich auf ihren Stuhl sinken und versuchte das Zittern, das ihren Körper durchlief, unter Kontrolle zu bekommen. Wahnsinn, sie sollte mit Steven zusammen eine Pressekonferenz organisieren. Ganz alleine mit Steven. Sie würde in den nächsten Tagen zwangsläufig viel Zeit mit ihm verbringen. Allein die Vorstellung ließ ihr Herz höher schlagen. Sie freute sich, aber sie war auch wahnsinnig nervös.

Eine halbe Stunde später klingelte Elisas Telefon und sie sah Stevens Nummer auf dem Display. Unmittelbar fing ihr Herz wieder an, zu klopfen. Mit zittrigen Fingern nahm sie den Hörer ab.

„Hey Elisa, kommst du mal eben zu mir rüber?", klang es aus dem Hörer.

„Klar, bin gleich da", antwortete Elisa und legte wieder auf. Sie sah zu Stevens Platz hinüber und ihre Blicke trafen sich.

Ein kleines Lächeln huschte über Stevens Gesicht und Elisa erwiderte es. Sie nahm sich ihren Notizblock und einen Kuli und ging festen Schrittes zu ihm herüber.

Steven hatte einen zweiten Stuhl geholt und wies sie an sich neben ihn zu setzen. Die nächsten zwei Stunden unterhielten sie sich relativ entspannt über die Planung des Events, die Wünsche des Kunden, mögliche Hotels, Catering und so weiter.

Elisa genoss es, neben Steven zu sitzen und mit ihm zu sprechen, auch wenn es nichts Privates war. Irgendwann piepte Stevens Handy, dass auf dem Schreibitsch lag. Er nahm es und sah nach, wer ihm eine SMS geschickt hatte.

„Oh, schon so spät, ich bin zum Mittagessen verabredet", sagte er, als er auf die Uhr sah. „Ich muss los, treffen wir uns in einer Stunde wieder hier?", sagte er und sah Elisa fragend an. Elisa nickte.

„Klar, dann geh ich jetzt auch was essen". Elisa ging zurück an ihren Platz. Kaum angekommen standen auch schon Tasha und Ines an ihrem Schreibtisch.

„Hey Süße, kommst du mit zum Italiener gegenüber?", fragte Ines und sah Sie grinsend an.

„Gute Idee", antwortete Elisa und nahm ihre Handtasche.

Sie verließen das Bürogebäude und traten in die Sonne. Es war wieder ein wunderschöner Frühlingstag. Sie setzten sich draußen an einen Tisch. Kaum saßen sie, musterten ihre beiden Kolleginnen Elisa neugierig.

„Erzähl, wie kommts, dass du jetzt mir Steven zusammenarbeitest?", fragte Ines neugierig. Die beiden Mädels wussten, wie sehr Elisa für Steven schwärmte.

„Timo hat ihm einen Auftrag übergeben. Das erste Mal, dass er eigenständig als Projektmanager ein Projekt betreuen darf. Da ihr ansonsten alle ausgelastet seid, soll ich ihn dabei unterstützen", antwortete Elisa lächelnd.

„Respekt, da hast du aber Glück gehabt", sagte Tasha grinsend.

„Was ist eigentlich mit dem Typ von Freitag, diesem Raoul?", wollte Ines wissen.

Elisa zuckte mit den Schultern. Sie hatte die letzten Stunden überhaupt nicht an Raoul gedacht. Irgendwie schien er ihr im Moment sogar total uninteressant. Ihre Gedanken waren mit Steven beschäftigt.

„Ich habe seit Samstagabend nichts mehr von ihm gehört, seit er mich zu Hause abgesetzt hat", antwortete sie.

„Werdet ihr euch noch einmal wiedersehen?", fragte Tasha noch einmal nach.

„Eigentlich dachte ich das schon, aber im Moment bin ich nicht sicher, ob ich das noch will", sagte Elisa nachdenklich.

„Ich meine, er ist ein toller Mann irgendwie und ich hatte Spaß mit ihm. Richtig viel Spaß sogar. Aber mir ist heute bewusst geworden, dass ich wirklich in Steven verliebt bin", erklärte sie weiter. Sie bestellten ihr Mittagessen und schwiegen eine Weile. Irgendwann erhob Tasha das Wort.

„Also wenn du Raoul nicht mehr wiedersehen willst, dann darfst du ihn mir gerne noch mal vorstellen. Ich finde, er ist ein interessanter Mann", sagte sie. Elisa schmunzelte.

„Das ist er wirklich. Er ist ein toller Liebhaber. Ich sage dir Bescheid, wenn ich mich endgültig entschieden habe", sagte sie und lachte.

Sie wechselten das Thema und unterhielten sich über andere Dinge, bis sie ihr Essen bekamen.

Nach dem Essen gingen sie wieder zurück ins Büro.

Steven saß schon wieder an seinem Platz, als Elisa hereinkam. Sie stellte ihre Handtasche an ihren Schreibtisch und ging zu ihm.

„Hey, wollen wir weiter machen?", fragte sie, als sie an seinem Platz angekommen war.

Er hob den Kopf und sah ihr direkt in die Augen. Elisas Herz setzte einen Schlag aus. Einen kurzen Moment sahen sie sich nur an, dann löste Steven abrupt seinen Blick und räusperte sich.

„Ja, logo, setz dich", sagte er schnell.

„Ich habe noch ein paar Hotels gefunden. Wir sollten sie uns aber mal live ansehen. Ich rede gleich mal mit Timo, ob wir für die nächsten Tage einen Firmenwagen haben können. Wäre das Okay für dich? Es kann sein, dass wir auch mal über Nacht wegbleiben müssen", sagte Steven und Eifer schwang in seiner Stimme mit.

„Klar, ich hab nichts weiter vor die nächsten Tage", antwortete Elisa.

„Okay, dann würde ich dich bitten in folgenden Hotels anzurufen und Termine auszumachen. Ich kläre das alles mit Timo", sagte Steven, drückte Elisa eine Liste in die Hand und erhob sich.

„Ich komme nachher bei dir am Schreibtisch vorbei", sagte er und lächelte Elisa an. Dann machte er sich auf den Weg in Timos Büro.

Elisa ging an ihren Schreibtisch und sah sich die Liste an. Es standen 10 Hotels in Frankfurt, Hamburg und München darauf, die für eine Pressekonferenz infrage kämen. Sie setzte sich und wählte die erste Nummer.

Eine gute Stunde später hatte sie alle Hotels abtelefoniert und Termine vereinbart. In einem der Hamburger Hotels, dem „Gästehaus", hatte sie eine Übernachtung für sich selbst und Steven vereinbart. Morgen wollten sie sich zwei Hotels in Frankfurt anschauen, und die beiden darauf folgenden Tage in Hamburg verbringen. Sie hoffte, dass Steven mit ihrer Planung einverstanden war.

Als sie eine Weile später sah, dass er wieder an seinem Platz saß, ging zu ihm hinüber.

„Hey, ich hab die Hotels abtelefoniert und Termine vereinbart. Schau doch mal, ob dir das so passt", sagte sie und hielt ihm ihre Notizen unter die Nase. Er sah sie an und lächelte.

„Sorry, ich wollte doch an deinem Platz vorbei kommen. Du bist ja richtig fix".

Nach einem längeren, prüfenden Blick auf ihre Notizen, fügte er hinzu:

„ja, das passt. Das mit dem Firmenwagen geht

auch in Ordnung. Treffen wir uns morgen früh hier und fahren dann gemeinsam ins Cariott?"

„Okay, geht klar", sagte Elisa und ihr Herz klopfte wild vor Freude. Sie würde die nächsten Tage unheimlich viel Zeit mit Steven verbringen und mit ein bisschen Glück würde sie ihn dabei näher kennenlernen.

„Okay, dann würde ich sagen wir treffen uns um 8:30 Uhr unten", sagte Steven und widmete sich wieder seinem Laptop.

Elisa sah auf die Uhr, es war bald Feierabend.

„Okay, bis dann", sagte sie und lief zurück an ihren Platz Sie kümmerte sich noch um ein paar administrative Dinge und ging dann pünktlich, und voller Vorfreude auf den kommenden Tag, nach Hause.

Heißer Draht

Am Abend saß Elisa zu Hause auf ihrer kleinen Couch und sah gemütlich fern, als ihr Handy piepste.

Sie stand auf und holte es aus ihrer Handtasche. Es war eine SMS von Raoul.

Hallo Schönheit, wie geht es dir? Musste gerade an dich denken, an deine zarten kleinen Brüste und deine süßen Lippen. Wann sehe ich dich mal wieder?

Elisa musste grinsen. Ja, so war er, ihr Liebhaber. Sie dachte nach. Was sollte sie ihm antworten? Im Moment war sie in Gedanken zu sehr mit Steven beschäftigt.

Sie hatte die letzten Stunden überhaupt nicht an Raoul gedacht.

Sollte sie ihm jetzt antworten? Was sollte sie ihm denn schreiben? Irgendwie war ihr im Moment nicht nach Raoul, aber so ganz abhaken wollte sie ihn auch (noch) nicht.

Da sie die nächsten Tage ohnehin keine Zeit haben würde, schrieb sie ihm ganz unverfänglich zurück.

Hey! An was du so alles denkst :-)! Ich bin die nächsten Tage leider beruflich unterwegs, auch über Nacht. Ich melde mich zum Wochenende bei dir! Ich werde an dich denken!

Danach lehnte sie sich wieder zurück in ihre Sofakissen.

Wenige Minuten später klingelte plötzlich ihr

Handy.

Sie nahm es und sah, dass es Raoul war.

Nach einem kurzen Zögern ging sie schließlich dran.

„Hey Raoul ...", sagte sie zögerlich.

„Schönheit, ich wollte wenigstens kurz dei-ne Stimme hören", kam vom anderen Ende.

Elisa musste schmunzeln. Sie mochte Raouls Stimme, sie war wirklich erotisch. Ob er über ihre Stimme wohl genauso dachte?

Obwohl sie es nicht wollte, regte sich etwas in ihr.

„Na dann, was soll ich dir denn erzählen, damit du meiner Stimme lauschen kannst?", fragte sie keck.

„Hm, erzähl mir, was du gerade machst", antwortete er versonnen.

„Ich sitze gemütlich auf der Couch und sehe

fern", gab sie zurück.

„Und was hast du an, wenn du so gemütlich auf der Couch liegst?", kam es wieder vom anderen Ende.

Holla, dachte Elisa, was wird das denn jetzt? Sollte sie darauf eingehen?

„Nicht viel", antwortete sie vorsichtig.

„Hm, die Vorstellung, dass du halb nackt

auf der Couch liegst gefällt mir", sagte Raoul, halb flüsternd. Elisas Herz klopfte, sie hatte so etwas noch nie gemacht. Aber es reizte sie. Sie lehnte sich zurück, knipste den Deckenfluter aus, der neben der Couch stand, und schaltete den Fernseher ab. In Wahrheit trug sie Jogginghose und T-Shirt, aber das musste Raoul ja nicht wissen.

„Was gefällt dir denn daran", fragte Elisa mutig.

„Ich stelle mir deinen zarten Körper vor, wie er leicht bekleidet in weiche Kissen gebettet liegt.

Das ist ein wirklich schöner Anblick. Ich würde dich jetzt gern berühren", wisperte Raoul.

Elisa schloss die Augen.

„Dann tu's doch", wisperte sie zurück.

Raouls Atem ging schwerer am anderen Ende, als er mit seiner tiefen, sonoren Stimme sagte: „Spürst du, wie ich deine Schenkel berühre? Wie ich langsam mit meiner Hand deinen Oberschenkel hinauf gleite?"

Elisa ließ ihre eigene Hand ihren Oberschenkel hinauf gleiten und spürte, wie ihre Härchen sich aufstellten.

„Ja", flüsterte sie.

„Ich spüre deine weiche, glatte Haut. Jetzt schiebe ich meine Hand vorsichtig in deinen Slip. Spürst du das?", flüsterte Raoul wieder.

„Ja, ich spüre es", flüsterte Elisa und spreizte ganz automatisch ihre Schenkel.

„Schön, dann schließe deine Augen und spüre, wie ich vorsichtig mit dem Finger in dich eindringe und deine kleine, empfindliche Stelle massiere", dirigierte Raoul sie flüsternd. Elisa fand ihre empfindlichste Stelle sofort und stellte sich vor, dass es Raouls Finger waren, der sie massierte. Sofort kribbelte ihr ganzer Körper.

„Hmm, ich spüre wie dir das gefällt, wie es pulsiert unter meinem Finger. Es gefällt mir, macht mich heiß", schnurrte Raoul und Elisa konnte ein Aufstöhnen nicht unterdrücken. Wie gern würde sie ihn jetzt auch berühren, fühlen wie erregt er ist.

„Ich kann auch spüren, wie erregt du bist Raoul. Spürst du meine Hand, die deine harte Männlichkeit umfasst?", flüsterte sie, plötzlich mutig und hemmungslos.

Als Antwort bekam sie ein Stöhnen von Raoul, dass sie noch mehr anheizte.

Sie massierte sich schneller zwischen den Beinen und fühlte, wie das Kribbeln stärker wurde. Am anderen Ende hörte sie Raoul schwer atmen.

„Stell dir vor, wie meine Lippen sich um deinen Penis schließen und meine Zunge um deine Spitze kreist. Wie ich erst vorsichtig und dann immer fordernder an deiner Männlichkeit sauge", stöhnte sie in den Hörer. Wieder kam ein Stöhnen zurück.

Dann antwortet Raoul mit belegter, rauer Stimme.

„Ja, ich spüre deinen Mund, deine Zunge, und es macht mich wahnsinnig. Du hast mich fast soweit. Lass mich deine Brüste streicheln und an deinen kleinen Knospen saugen".

Elisa klemmte den Hörer zwischen ihre Schulter und fuhr mit ihrer anderen Hand unter ihr T-Shirt zu ihren kleinen, festen Brüsten und den kleinen Brustwarzen, die bis aufs Äußerste erregt emporragten.

Sie stellte sich vor, dass es Raoul ist, der sie liebkost und es gelang ihr gut.

Elisa zitterte vor Erregung, ihrem Höhepunkt zum Greifen nahe.

„Raoul, ich komme gleich", stöhnte sie lustvoll in den Hörer und hörte ihn ebenfalls schneller atmen. Ihre Lust steigerte sich ins Unermessliche, bis sie schließlich zitternd und jauchzend ihren Höhepunkt erreichte.

Im selben Moment hörte sie, wie Raoul seinen Höhepunkt erreichte, und sank schwer atmend in die Sofakissen.

Ihr Körper zuckte noch und warme Schauer durchliefen ihn.

Raouls Atem am anderen Ende beruhigte sich und seine Stimme klang wieder fester, als er anfing zu sprechen.

„Schönheit, ich danke dir für dieses wahnsinnige Erlebnis. Ich wünsche dir eine wunderschöne Nacht und viel Erfolg in den nächsten Tagen. Melde dich, wenn du wieder Zeit für mich hast".

Elisa erwachte langsam aus ihrer Trance und kam auf den Boden der Tatsachen zurück.

„Danke, ich melde mich, schlaf gut", war das Einzige, was sie in dem Moment herausbrachte.

Raoul lachte kurz, flüsterte ein „Ciao, Schönheit" und legte auf.

Elisa lag auf der Couch und sah an die Decke. Wiedermal hatte sie sich von Raoul in den Bann ziehen lassen. Sie war völlig entspannt, fühlte sich vollends befriedigt und schämte sich ein bisschen.

Sie stand auf und ging ins Bad. Im Spiegel sah sie eine junge Frau mit roten Wangen und glasigen Augen. Sie musste kichern.

„Es lebe die Sexualität", sagte sie zu sich selbst,

putzte sich die Zähne und ging ins Bett.

Sie schlief tief und fest, begleitet von erotischen Traumbegegnungen mit Steven und Raoul.

Zarte Bande

Am nächsten Morgen schien die Sonne noch stärker als die Tage davor und Elisas Frühlingsgefühle explodierten, als sie zu Fuß zur Arbeit ging.

Sie freute sich auf den gemeinsamen Tag mit Steven und war ein bisschen aufgeregt.

Mit ihrem Aussehen hatte sie sich heute viel Mühe gegeben, ohne es übertrieben zu haben, und war sehr mit sich zufrieden.

Als sie am Bürogebäude ankam, traf sie Steven schon am Eingang.

„Hey, guten Morgen! Musst du noch einmal hoch oder können wir gleich los?", begrüßte er sie fröhlich.

„Nein, wir können gleich los, wenn du

möchtest", antwortete Elisa, ebenso gut gelaunt.

Steven trug einen grauen Anzug und sah darin wirklich toll aus.

„Okay, dann mal los, die Schlüssel für den Firmenwagen habe ich schon", erwiderte er und sah sie aufmunternd an. Dann gingen sie gemeinsam in die Tiefgarage.

Der Weg zum Frankfurter Carriott Hotel war nicht weit, aber dennoch schafften sie es locker drauf loszuplaudern und sich in ein Gespräch zu vertiefen, das nicht nur etwas mit der Arbeit zu tun hatte.

Steven sprühte ebenso vor guter Laune wie Elisa.

Der Termin im Hotel verlief gut und sie aßen gemeinsam in der „Sportsbar" zu Mittag. Danach fuhren sie ins nächste Hotel.

Am späten Nachmittag fuhren sie dann gemeinsam zurück ins Büro.

Sie gingen beide noch mal an ihren Platz und verabredeten sich dann für den nächsten Tag. Steven schlug vor, Elisa zu Hause abzuholen, da sie um 14 Uhr in Hamburg sein sollten und noch einen langen Weg vor sich hatten.

Elisa erklärte ihm, wo sie wohnte und dann verabschiedeten sie sich.

Als Elisa an diesem Abend im Bett lag, konnte sie lange nicht einschlafen.

Es war ein aufregender Tag gewesen. Sie war mit dem Mann, in den sie zweifellos verliebt war, den ganzen Tag beruflich unterwegs gewesen und hatte sich richtig wichtig gefühlt.

Sie hatte sich wohlgefühlt in Stevens Gegenwart und hatte das Gefühl, ihm nähergekommen zu sein.

Morgen würde sie mit ihm nach Hamburg fahren und sie würden zusammen im Hotel „Gastwerk" übernachten. Mit einem freudigen Kribbeln im Bauch schlief sie dann endlich ein.

Am nächsten Morgen stand sie pünktlich mit gepackter Tasche vor ihrem Hauseingang und wartete auf Steven.

Mit fünf Minuten Verspätung kam er im schwarzen Opel Astra der Agentur angefahren. Er trug eine dunkle Sonnenbrille und grinste sie frech an, als er direkt vor ihren Füßen zum Stehen kam.

„Guten Morgen liebe Kollegin, startklar für die Hansestadt?", begrüßte er sie fröhlich.

„Na klar, los gehts", sagte sie lachend.

Steven stieg aus dem Auto und öffnete ihr den Kofferraum, damit sie ihre Tasche hineintun konnte.

Dann stiegen sie beide ein und fuhren los. Steven fuhr mit heruntergelassenen Scheiben, da die

Sonne schon kräftig schien, und pfiff fröhlich vor sich hin.

„Ich habe gestern noch mit Timo telefoniert", sagte er. „Ich hab ihm einen kurzen Abriss des gestrigen Tages gegeben und er war sehr zufrieden."

„Das ist gut. Ich finde auch, dass es prima gelaufen ist", antwortete Elisa.

Steven sah sie kurz an, schob die Sonnenbrille hoch und zwinkerte ihr zu. Eine Weile sagte niemand etwas.

„Hast du eigentlich einen Freund?", fragte Steven sie plötzlich, als sie gerade auf die Autobahn auffuhren. Elisa war überrascht, mit dieser persönlichen Frage hatte sie gar nicht gerechnet.

„Nein", antwortete sie zögernd, denn sie musste an Raoul denken und daran, was Steven an dem Abend in der Cocktail Bar mitbekommen hatte.

Es war ihr irgendwie unangenehm.

Steven schien das nicht so zu empfinden, denn er fragte munter weiter.

„Ich dachte, der Typ aus der Bar wäre vielleicht dein Freund", sagte er.

„Nein, ist er nicht", antwortete Elisa knapp. Weil ihr nichts Besseres einfiel, fragte sie ihn zurück „hast du eine Freundin?"

„Nein. Ich war sechs Jahre mit einer Frau zusammen, aber wir haben uns vor einem Jahr getrennt. Seitdem bin ich Single", antwortete er. Mit so einer ausführlichen Antwort hatte Elisa gar nicht gerechnet.

Steven sah kurz zu ihr herüber.

„Wie lange ist deine letzte Beziehung her?", fragte er schließlich.

„Naja, meine längste und bisher einzige Beziehung hat sechs Monate gedauert und endete,

kurz bevor ich nach Frankfurt gegangen bin",
antwortete Elisa, etwas verlegen. Dann schwiegen
sie wieder eine Weile. Steven schmunzelte vor sich
hin. Woran er wohl gerade dachte, fragte Elisa
sich? Dann ergriff er wieder das Wort.

„Wo genau kommst du noch mal her?", fragte er sie.

„Aus dem Brombachtal, besser gesagt aus Kirch-Brombach", antwortete sie.

„Das liegt im Odenwald", fügte sie hinzu, als sie den fragenden Gesichtsausdruck von Steven sah.

„Ah, dann bist du quasi ein Landei", sagte er grinsend.

„Sozusagen bin ich das, ja", erwiderte Elisa selbstbewusst.

„Ich komme hier aus Frankfurt, bin in Oberrad aufgewachsen", erzählte Steven.

„Ich stelle es mir schön vor, so eine Kindheit auf

dem Land", fügte er nachdenklich hinzu.

„Das ist es auch. Meine Eltern haben einen Hof mit Landwirtschaft und meine Geschwister und ich, hatten wirklich eine tolle Kindheit dort", erzählte Elisa gedankenverloren.

„Wie unterschiedlich Kindheiten sein können", bemerkte Steven.

„Mein Vater ist Arzt und meine Mutter Kieferorthopädin. Ich bin ein Einzelkind. Meine Eltern haben immer viel gearbeitet. Finanziell hat es mir nie an etwas gefehlt. Die beiden sind schon in Ordnung, aber ich hätte mir doch gewünscht, dass sie etwas mehr Zeit mit mir verbracht hätten", sagte Steven nachdenklich.

Er wirkte in dem Moment sehr verletzlich auf Elisa, ein bisschen traurig fast. Schnell erzählte sie weiter.

„Naja, als Kind ist das wirklich wunderschön,

aber ich wollte irgendwann da raus. Ich will etwas von der Welt sehen. Wir haben nie Urlaub gemacht, weil das wegen des Hofes nicht ging. Ich besuche meine Eltern gern, aber ich bin froh, dass ich jetzt hier in Frankfurt bin."

„Warst du noch nie im Ausland?", fragte Steven ungläubig.

„Nein, außer auf Klassenfahrt in der Toskana", gab Elisa zu. Steven schmunzelte.

„Dafür war ich schon fast überall", sagte er nachdenklich. Dann fügte er schmunzelnd hinzu: „Lass uns einen Deal machen. Du zeigst mir das Landleben und machst mit mir Ferien auf dem Bauernhof, und ich fliege mit dir nach Lanzarote, meine europäische Lieblingsinsel". Elisa sah ihn von der Seite an. Er schmunzelte, schien das aber ernst zu meinen.

„Im Ernst? Klar, da bin ich dabei", antwortete sie

schließlich lachend. Sie war froh und erstaunt, wie locker sie mittlerweile mit Steven umgehen konnte.

Eine ganze Weile schwiegen sie und lauschten unter anderem dem Song „Grenade" von Bruno Mars, der gerade im Radio lief.

Elisa sah auf der Autobahn die Welt an sich vorbei ziehen und träumte vor sich hin.

Nach ungefähr einer halben Stunde unterbrach Steven das Schweigen.

„Da vorn ist eine Raststätte. Wir müssen mal tanken", sagte er.

„Gute Idee", sagte Elisa und musste ein Gähnen unterdrücken, dass Steven nicht entging.

„Brauchst du einen Kaffee?", fragte er.

„Oh ja, ein Kaffee wäre toll", sagte Elisa. Sie fuhren auf die Raststätte und Steven tankte den Wagen. Als Elisa aussteigen wollte, sagte er: „Fahr du doch den Wagen schon mal auf den Parkplatz, ich bringe dir einen Kaffee mit. Nimmst du Milch oder Zucker?"

„Beides, danke", sagte Elisa lächelnd. Dann nahm sie von ihm die Autoschlüssel entgegen, und fuhr auf den Parkplatz.

Wenig später kam Steven mit zwei Coffee to go in der Hand zurück.

Er reichte Elisa einen Becher, der noch ziemlich heiß war. Ihre Finger berührten sich kurz und Steven sah Elisa direkt an. Es kribbelte in ihrem Bauch.

„Danke", erwiderte sie und lächelte.

„Gern", antwortete Steven und zwinkerte ihr zu. Flirtete er jetzt etwa mit ihr?

Sie tranken ihren Kaffee, gingen noch mal auf die Toilette und setzten ihren Weg fort.

Auf der weiteren Fahrt unterhielten sie sich noch

über alles Mögliche. Elisa erfuhr so z.B., in welchen Ländern Steven schon gewesen war und was er für Hobbys hatte. Sie kamen gut durch und waren eine halbe Stunde vor dem Termin im Hotel.

Sie nutzten die Zeit, um schon einmal einzuchecken und stellten sehr zu Elisas Freude, fest, dass ihre Zimmer nebeneinanderlagen.

Nach einem kurzen „Frischmachen" trafen sie sich dann wieder unten an der Rezeption mit dem Hotelmanager.

Nachdem sie sich die Räumlichkeiten angesehen und alles Weitere geklärt hatten, war es schon früher Abend.

„Wollen wir noch etwas essen gehen?", fragte Steven, als sie sich vom Hotel-Manager verabschiedet hatten.

„Gern, ich verhungere", antwortete Elisa, erfreut über seinen Vorschlag. Der Einfachheit halber gingen sie in das hoteleigene Restaurant.

Sie setzten sich an einen ruhigen Tisch abseits. Steven saß ihr gegenüber und sah ihr in die Augen.

„Ich finde, wir sind ein richtig gutes Team", sagte er und griff unerwartet über den Tisch nach Elisas Hand und drückte sie.

Elisa war wie elektrisiert. Sie sah ihn an und spürte, wie sie rot wurde. Verdammt! Aber sie zog die Hand nicht weg und er ließ sie auch nicht los, sondern hielt sie fest und sah sie forschend an.

Dieser innige Moment wurde unterbrochen, als der Kellner die Karte brachte. Sie wählten beide ihr Essen aus und bestellten. Elisa hatte Kribbeln im Bauch und war nervös, was dazu führte, dass ihr Kopf sich wie leergefegt anfühlte und sie absolut nicht wusste, was sie sagen sollte, ohne völligen Blödsinn zu reden. Was hatte ihn wohl veranlasst, ihre Hand zu halten? Mochte er sie am

Ende auch?

Steven schien ihre Nervosität zu spüren, sagte aber nichts. Er nahm sein Weinglas und prostete ihr zu.

„Auf unser Erstes, gemeinsames Projekt", sagte er feierlich.

Elisa lächelte und trank einen Schluck.

Ihr wurde warm, und der Wein beruhigte sie etwas. Bis zu dem Zeitpunkt, als Steven sie mit seinen Worten wieder aus der Fassung brachte.

„Hat dir eigentlich schon einmal jemand gesagt, dass du wirklich hübsche Augen hast?", fragte er völlig unerwartet drauflos. Elisa sah ihn verblüfft an und antwortete heiser: „Danke." Etwas anderes fiel ihr in dem Moment nicht ein.

Das Essen wurde gebracht und eine Weile aßen sie schweigend.

Irgendwann sah Steven zu ihr herüber und griff

wieder nach ihrer Hand.

„Hey, wenn ich dir etwas zu nahe gerückt bin, dann tut es mir leid", sagte er sanft.

„Ich spüre doch, wie verkrampft du auf einmal bist".

„Nein nein, du bist mir nicht zu nahe getreten, im Gegenteil, es ist nur ...", stotterte Elisa. Sie atmete einmal tief durch und sammelte sich.

„Es ist nur so, dass ich nervös bin, weil ich es nicht gewöhnt bin, solche spontanen Komplimente zu bekommen", sagte sie mit festerer Stimme.

„Zumindest nicht von Männern, die ich mag", fügte sie etwas leiser hinzu und senkte den Blick.

„Ich mag dich auch", sagte Steven sanft.

„Und ich bin froh, dass dieser Typ aus der Bar nicht dein Freund ist", sagte er weiter.

Dann widmete er sich wieder seinem Essen und schmunzelte vor sich hin. Elisa wusste nicht, wie sie darauf reagieren sollte.

Ihr klopfte das Herz bis zum Hals und sie hatte schlagartig keinen Hunger mehr. Im Gegensatz zu ihrem Geplänkel mit Raoul, wobei sie frech und mutig gewesen war, war sie hier nun völlig verunsichert. Steven bedeutete ihr wirklich etwas und sie wollte es nicht vermasseln, sollte sie ihn richtig verstanden haben. Allerdings wäre das schon fast zu viel des Guten.

Steven schien zu bemerken, dass Elisa ihr Essen nicht mehr anrührte. Er unterbrach sein Essen und sah sie an.

„Schmeckt es dir nicht?", fragte er.

„Doch, es schmeckt hervorragend, aber ich habe keinen Hunger mehr", sagte Elisa verlegen. Steven sah sie lange an. In seinem Blick war etwas Warmes, Liebevolles. Dann nahm er erneut ihre Hand und lächelte.

„In der Bar mit diesem anderen Typen hast du gar nicht so einen unsicheren Eindruck gemacht", sagte er. Elisa kam sich gerade ziemlich blöd vor. Das mit Raoul war einfach etwas anderes gewesen, aber wie sollte sie ihm das erklären?

„Das mit Raoul war etwas anderes", sagte sie leise und wich seinem Blick aus. Wollte er vielleicht nur dasselbe von ihr, wie Raoul? Wollte er nur ein wenig Spaß mit ihr haben? Hatte sie ihm das Gefühl vermittelt, dass sie „leicht zu haben" sei?

Elisa war mit dieser Situation überfordert und wollte weg.

„Ich bin müde und würde gerne auf mein Zimmer gehen", sagte sie zu Steven.

„Okay, ich bin auch fertig, ich lasse die Rechnung bringen", sagte Steven und ließ ihre Hand los, um nach dem Kellner zu winken. Dieser kam dann auch kurze Zeit später an ihren Tisch und brachte die Rechnung. Nachdem Steven bezahlt hatte, stand Elisa auf. Sie verließ das Restaurant und Steven folgte ihr. Immerhin lagen ihre Zimmer direkt nebeneinander.

Oben angekommen wollte sie sich schnell verabschieden, aber Steven hielt sie sanft am Arm und zwang sie, ihn anzusehen.

„Sorry, ich wollte dich nicht so durcheinanderbringen. Ich mag dich wirklich Elisa. Ich finde es schön, dich kennenzulernen und ich will dich zu nichts drängen. Wir haben Zeit", sagte er sanft.

Elisa sah ihn an, mit klopfendem Herzen. Am liebsten wäre sie ihm jetzt um den Hals gefallen und hätte ihn geküsst. Stattdessen zog er sie an sich heran und küsste sie zart auf die Wange.

„Schlaf gut. Treffen wir uns morgen um neun Uhr beim Frühstück?", fragte er. Elisa nickte und sagte ein schüchternes „Gute Nacht", als sie sich umdrehte und ihre Zimmertüre aufschloss.

Sie konnte lange nicht einschlafen und dachte ständig über Steven nach. Sie war sich nicht sicher, was sie von ihm halten sollte. Aber er hatte recht, sie hatten Zeit um das herauszufinden.

Vereint

Der nächste Tag verlief ebenfalls erfolgreich.

Ihre Pläne gingen auf und Steven war sehr zufrieden.

Elisa war auch ein wenig stolz auf das, was sie gemeinsam hinbekommen hatten.

Steven verhielt sich normal und war sehr gut gelaunt. Er machte keine Anstalten mehr Elisa näherzukommen.

Elisa war immer noch verunsichert, versuchte aber es positiv zu sehen und die Zeit trotzdem zu genießen.

Am späten Mittag traten sie die Heimreise an. Auf der Fahrt unterhielten sie sich hauptsächlich über die Planung der Pressekonferenzen und wie die weiteren Planungen laufen sollten. Steven telefonierte zwischendurch auch mit Timo, von dem er sehr viel positive Bestätigung bekam. Alles in allem konnten sie sehr zufrieden sein.

In den nächsten Tagen veränderte sich nicht viel. Sie arbeiteten gut zusammen, es blieb aber alles auf geschäftlicher Ebene.

Elisa versuchte, sich darüber nicht zu viele Gedanken zu machen, aber manchmal wurmte es sie ein bisschen.

Raoul versuchte immer mal wieder sich mit Elisa zu verabreden, aber sie wimmelte ihn ab. Sie war viel zu verliebt in Steven, um sich mit Raoul beschäftigen zu können.

Die Wochen vergingen und die erste Pressekonferenz rückte näher. Die Planungen waren weitestgehend abgeschlossen und aus Elisa und

Steven waren Freunde geworden. Sie verbrachten viel Zeit zusammen, aber sie waren sich nie wieder näher gekommen seit dem Abend in Hamburg.

Schließlich ging es ans Eingemachte und Elisas und Stevens Zusammenarbeit wurde auf die Probe gestellt.

Zu ihrer großen Freude verliefen die Pressekonferenzen weitestgehend ohne Pannen und der Kunde war zufrieden. Die beiden hatten ihre Aufgabe erfüllt und auch Timo war sehr zufrieden und lobte sie für ihr Engagement. Für Elisa war das eine wichtige Bestätigung, die ihr viel Selbstbewusstsein gab.

Am Abend der letzten Konferenz wurden Elisa, Steven und Timo von ihrem Kunden in einen Club eingeladen um ihren Erfolg zu feiern. Es war ein ausgelassener Abend, an dem viel getanzt und gelacht wurde.

Steven wich nicht von Elisas Seite und sie spürte, das etwas anders war. Sie genoss seine Aufmerksamkeit und Nähe sehr. Er sah sie zwischendurch immer wieder an und lächelte.

Als es schon fast Morgen war und die Ersten leicht angetrunken die Heimreise antraten, beschloss Elisa ebenfalls sich ein Taxi zu rufen.

Sie wollte sich gerade verabschieden, als Steven sie plötzlich sanft in den Arm nahm und die in eine etwas dunklere Ecke des Clubs zog.

„Nein, jetzt haust du mir nicht ab", sagte er lächelnd und küsste Elisa völlig unerwartet, sanft auf dem Mund.

Sekunden vergingen, in denen er seine sanften Lippen nicht von ihren löste. Elisa verschmolz mit diesem Gefühl und schwebte im siebten Himmel. Irgendwann löste er sich dann doch von ihr und sah ihr tief in die Augen.

„Ich hoffe, ich habe dir jetzt genug Zeit gelassen, mich kennenzulernen. Ich kann jetzt einfach nicht mehr warten, Elisa. Du bist eine tolle Frau und ich habe mich wirklich in dich verliebt". Er streichelte sanft über ihre Wange. Elisa war so überwältigt und glücklich, dass ihr eine Träne über die Wange kullerte. Erschrocken sah Steven sie an.

„Hey, alles in Ordnung? Habe ich etwas Falsches gesagt?", fragte er besorgt. Elisa musste lachen.

„Nein nein, im Gegenteil, ich bin nur so glücklich", sagte sie halb lachend und halb weinend. Steven küsste sie abermals, aber diesmal richtig. Ihre Zungenspitzen spielten miteinander und wahnsinnig wohlige, Geborgenheit spendende Schauer liefen durch ihren Körper. Es war ganz anders als mit Raoul. Es war nicht nur die pure Erotik, der pure Sex, es war Liebe.

Steven hielt sie fest im Arm und sie spürte seine Hände an ihrem Rücken. Seine Berührungen hinterließen kleine Stromschläge auf ihrer Haut. Sie trug eine dünne, figurnahe Bluse und einen kurzen Rock. Der Stoff der Bluse war so dünn, dass sie seine Fingerspitzen genau spüren konnte.

Als sie eine halbe Ewigkeit später aus ihrem endlosen Kuss erwachten, stellten sie fest, dass alle bereits gegangen waren.

Steven zog sie zur Tür. Es war eine milde Nacht, aber dennoch hängte er ihr sein Jackett über die Schultern, als sie die Straße betraten. Sie hatten Glück und ein freies Taxi stand auf der anderen Straßenseite. Steven sah Elisa an.

„Fahren wir zu dir oder zu mir?"

„Zu dir", antwortete Elisa.

Er nannte dem Taxifahrer seine Adresse und wenige Minuten später standen sie vor einem modernen Mehrfamilienhaus.

Elisa war schrecklich aufgeregt. Sie zitterte am ganzen Körper. Steven schien das zu merken, denn er zog sie an sich und flüsterte ihr ins Ohr: „Keine Angst, ich werde nichts tun, was du nicht willst."

Aber Elisa wollte, sie wollte alles! Also zog sie sein Gesicht näher an ihres und küsste ihn leidenschaftlich. Sie presste ihr Becken an seines und konnte spüren, dass ihm das gefiel. Sofort flammte die sexuelle Lust in ihr auf. Steven löste sich sanft und flüsterte „lass uns hochgehen".

Hand in Hand gingen sie die Treppenstufen hinauf.

Steven schloss die Tür auf und zog Elisa hinein. Sie traten in ein modernes Apartment, das schlicht, aber stilvoll eingerichtet war.

Aber viel Zeit zum Umsehen blieb Elisa nicht, denn Steven nahm sie auf seine Arme und trug sie ins Schlafzimmer.

Langsam legte er sie auf das Bett und sah sie lange an. Dann beugte er sich über sie an ihr Ohr und flüsterte „endlich". Sie versanken in einen innigen Kuss. Steven knöpfte Elisas Bluse auf und seine Hände glitten über ihre nackte Haut, was eine Gänsehaut hinterließ.

Er legte sich auf sie und sie konnte deutlich spüren, wie seine Erektion sich gegen ihren Unterleib presste.

Es war so schön. Dieses Gefühl, erregt zu sein und Lust zu empfinden, für einen Menschen, den man liebte. Es war anders, als mit Raoul, viel intensiver.

Sie wollte Stevens nackte Haut spüren und fing an sein Hemd aufzuknöpfen.

Er hatte eine muskulöse Brust und fühlte sich wahnsinnig gut an.

Nachdem Steven ihr die Bluse ausgezogen hatte, öffnete er ihren BH und streichelte ihre Brüste. Diese Berührung ließ Elisa erbeben und sie stöhnte leicht. Langsam und zärtlich entledigten sie sich gegenseitig ihrer Kleidungsstücke und lagen nackt nebeneinander. Sie ließen sich viel Zeit und Steven streichelte sie am ganzen Körper, während sie es mit geschlossenen Augen genoss.

Er begann ihre Brüste zu küssen, ihren Bauchnabel und landete schließlich zwischen ihren Schenkeln. Dort vollführte er wahnsinnige Kunststücke mit seiner Zunge, sodass Elisa vor Erregung halb wahnsinnig wurde. Er brachte sie mit seiner Zunge fast zum Höhepunkt, als Elisa ihn wieder zu sich hochzog. Sie rollte sich auf ihn und rutschte nach unten, um ihre Lippen um sein erregtes Glied zu schließen und ihn zu liebkosen. Steven stöhnte und bebte, bis Elisa es nicht mehr aushielt. Ihm schien es genauso zu gehen, denn in null Komma nichts hatte er ein Kondom hervorgezaubert und zog es sich über. Elisa setzte sich in Reiterstellung auf ihn, weil sie ihn endlich spüren wollte.

Langsam bewegte sie sich auf ihm und spürte, wie das die wundervollsten Gefühle in ihr wachrief. Steven setzte sich auf und saugte an ihren empfindlichen Brustwarzen. Sie bewegte sich schneller und nahm sein Gesicht in die Hände um ihn zu küssen.

Sie küssten sich innig und ihre Bewegungen wurden immer wilder. Elisa bewegte sich schneller und beide stöhnten hemmungslos, bis sie fast gleichzeitig zu ihrem Höhepunkt kamen.

Steven hielt sie fest in seinen Armen und küsste ihren verschwitzten Hals. Ihre feuchten Körper waren eng umschlungen, bis das Beben in ihren Körpern langsam abflaute. Immer noch außer

Atem legten sie sich nebeneinander. Steven rollte sich hinter Elisa und so lagen sie in Löffelchenstellung, eng umschlungen.

„Ich liebe dich", flüsterte Steven und Elisa war so glücklich, dass ihr erneut eine Träne über die Wange lief.

„Ich liebe dich auch", flüsterte sie zurück und schloss die Augen, um langsam, völlig entspannt und zufrieden in einen tiefen Schlaf zu gleiten.

Abschied und Neubeginn

Nachdem Elisa und Steven die ersten schwer verliebten Tage verbracht hatten, häuften sich die SMS von Raoul.

Auch wenn sie kein richtiges Paar gewesen waren, hatte Elisa das Gefühl ihm erklären zu müssen, dass sie nun mit Steven zusammen war. An einem Abend, den sie ausnahmsweise Mal nicht mit Steven verbrachte, nahm sie sich vor ihn anzurufen.

Sie wählte seine Nummer aus dem Telefonbuch ihres Handys und wartete, bis es klingelte.

Sie musste nicht lange warten, bis Raoul sich meldete.

„Schönheit, endlich höre ich mal wieder etwas von dir", schnurrte er in den Hörer. Irgendwie hatte

Elisa geglaubt, so verliebt, wie sie in Steven war, könnte ihr Raouls erotische Stimme nichts mehr anhaben. Aber als sie hörte, hatte sie nur wenig von ihrer Anziehungskraft verloren. Unweigerlich musste sie schmunzeln.

„Hey, Latin Lover, ich muss mit dir reden", sagte sie mit fester Stimme. Sie hörte ein tiefes Seufzen von der anderen Seite.

„Schönheit, das kann nur eins bedeuten. Du hast ihn endlich eingefangen", sagte Raoul.

Elisa stutze. Sie hatte ihm doch gar nicht von Steven erzählt, oder doch?

„Ja, du hast recht, aber wie bist du darauf gekommen?", fragte sie verblüfft.

„Süße, wir beide hatten wahnsinnig viel Spaß, aber ich habe immer gemerkt, dass du eigentlich in einen Anderen verliebt bist", antwortete Raoul ruhig. „Es schmerzt mich, in Zukunft auf dich und den wundervollen Sex mit dir verzichten zu müssen, aber du hast es dir verdient glücklich zu sein."

Elisa lachte. „Danke Raoul, wie ritterlich von dir. Vielen Dank für alles, was ich mit dir erlebt und von dir gelernt habe. Du bist ein wahnsinnig toller Mann", säuselte sie ins Telefon.

„Es war mir eine Ehre, Schönheit. Sollte sich dein Traumtyp im Nachhinein doch als Flop herausstellen, ich bin jederzeit gerne wieder für dich da", erwiderte Raoul frech und Elisa konnte an seiner Stimme hören, dass er grinste.

„Bye, Latin Lover, man sieht sich ja bekanntlich zwei Mal im Leben".

Mit diesen Worten, einem leisen Hauch von Wehmut im Herzen, aber dem bestimmten Wissen, dass sie Steven liebte und das richtige tat, beendete sie das Telefongespräch.

Frühlingsgefühle

sinnliche Gedichte

Verlangen

Nimm mich,
Zeig mir den Weg,
Den die Lust
In meinem Leben
Einschlägt.
Verführ' mich,
Berükr' mich.
Mein Körper
Erwartet dich.

Verbotene Lust

Verführung,
Berührung,
Vielsagender Blick,
Meine Gegenwehr bricht,
Erliegt deinem Geschick.
Lippen,
Will dich küssen,
Nicht denken müssen,
An deiner Erregung nippen,
In Ekstase kippen.
Atem,
Warm auf meiner Haut,
So verboten
Und doch vertraut.
Nimm mich,
Ich gehöre dir,
Lass deine Leidenschaft mich tragen,
Fort von hier ...

Traumbegegnung

Erwacht,
Aus einem bewegenden Traum,
Mit dir gemeinsam,
Jenseits von Zeit und Raum.
Hände,
Die mich berühren,
Meine empfindlichsten Stellen spüren.
Zungen,
Die sich umschlingen,
Mich in Ekstase bringen.
Erwacht,
Blicke ich in die dunkle Nacht.
Fern bist du mir,
Nur in den Träumen hier.

Frühlingswiese

Kitzelndes Gras
Zwischen meinen Fingern.
Deine forschenden Hände,
Die mich zum Lachen bringen.
Knabbernde Lippen
An meinem Ohr,
Recke ich mein Kinn empor.
Will dich küssen,
Auf dieser Wiese,
Während Vögel zwitschern,
Weht eine leichte Brise.

Frühling

Blühende Blumen.
Blühendes Leben,
Auf Wolke sieben schweben,
Küssen,
Berühren,
Heiße Körper spuren,
Pure Lust
Vertreibt der Dunklen
Tage Frust
Und lässt die Sehnsucht
Erblühen

Zärtlichkeit

Wenn sanfte Fingerspitzen
Meine Haut berühren,
Wenn mich Atem kitzelt,
Sehnsüchtige Küsse
Mich verführen,
Wenn Sonnenstrahlen wärmen
Meine Haut,
Der Duft nach Frühling und Leben
Ein Kribbeln in mir aufbaut,
Dann ist es soweit,
Sie ist da,
Die Zeit für Zärtlichkeit.

Sehnsucht

Prasselnder Regen an den
Fensterscheiben,
Zeit zum Träumen,
Lasse mich treiben.
Stelle mir vor, wie du bei mir bist,
Zärtlich meine Lippen küsst.
Spüre das Feuer in mir entflammen,
Die Sehnsucht nach dir,
Kann sie nicht verbannen.
Möchte deine Lust endlich wieder spüren,
Dich in meine Welt der
Leidenschaft entführen.

Lust

Auf einer Woge der Lust
Will ich reiten,
Öffne mich für dich,
Lass dich in mich gleiten.
Kann deine Erregung spüren,
Steckst mich an damit,
Ist so aufregend mit dir,
Dieser lustvolle Ritt.
Schwitzende Körper,
Hände,
Lippen,
Die an der Lust des Lebens nippen.
Bis zum Höhepunkt begleitest du mich,
Lässt es mich spüren,
Ich liebe dich!

Selbstgenuss

Alleine mit mir,
Bei Kerzenschein,
Im warmen Wasser,
Fällt mir so manches ein.
Muss nicht suchen,
Kenne den Weg genau,
Zu dem Punkt meiner Lust,
Der Lust einer jungen Frau.
Streichle mich gerne,
Mag das Gefühl,
Vom offenen Fenster,
Streift die Luft mich kühl.
Komme zum Höhepunkt,
Ganz unkompliziert,
Spüre den Puls, der in mir vibriert.
Entspanne mich, lehne mich zurück,
Mit einem lächeln auf den Lippen,
Vor purem Glück.